家族に売られた薬草聖女のもふもふスローライフ
author あろえ
illust. ゆーにっと

「リクさん、料理の天才ですね……！」
レーネ

リク
「レーネはうまそうに食べる天才だな」

マノン
「こほんっ。
私が奥方の侍女に選ばれた、
百獣の王女マノンだ。
がおーっ」

「お手！」

「ほらっ、もふもふしても暴れませんよ」

Contents

Kazoku ni urareta yakusou seijo no
mofumofu slow life.

家族に売られた薬草聖女のもふもふスローライフ

author あろえ

illust. ゆーにっと

Kazoku ni urareta yakusou seijo no mofumofu slow life.

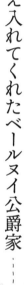

第一章 ✦ 迎え入れてくれたベールヌイ公爵家

「ついに待ち望んだ日が訪れたぞ。ようやく我らの願いが叶《かな》うのだ」

冷たい風で草木が揺れて、サーッと音が流れる肌寒い夜のこと。

古い屋敷の一室で、欲望に満ち溢《あふ》れた父がニヤリと口元を緩めた。

「レーネが売れた！　これで疫病神ともおさらばだ！」

突然の報告を受けても、実の娘である私、レーネ・アーネストは表情を変えずに真顔で立ち尽くしている。

別に感情が欠落しているわけではない。父がこよなく愛するのは金と腹違いの妹であり、自分は邪魔者だと理解しているからだ。

そのことを象徴するかのように、義母と妹のカサンドラが嬉々《きき》とした表情を浮かべていた。

「本当なの、あなた！　ようやくレーネを売り払うことができるのね！」

「奴隷？　奴隷なの？　お姉さまは奴隷商に買い取ってもらったの⁉」

奴隷を期待する妹には申し訳ないが、私たちが住むリディアル王国では、人身売買が禁止されている。

父が『売れた』と言ったのは、おそらく嫁ぎ先が決まったことを表しているんだろう。

「レーネを買ったのは、マーベリック・ベールヌイ公爵。化け物と恐れられる獣人が娶《めと》りたいと言ってきたんだ！」

やっぱり縁談の話があったんだーと、私は自分のことなのに、どこか他人事のように感じていた。

それもそのはず。十六歳にもなって社交界デビューをしていない私は、貴族の世界に疎い。婚約者が化け物公爵と聞いても、どんな人なのかサッパリわからなくて、実感が湧《わ》かなかった。

しかし、家族は違う。人の不幸を喜ぶ悪魔のように、狂気に満ちた表情で笑っている。

「アハハハ！　よりにもよって、あの獣臭い化け物公爵に買われるなんてね！　いい気味だわ！」

「さっすがお姉さま！　きっといろんな意味で可愛《かわい》がってもらった後、無惨な姿で死んでいくのよ。とっても素敵な最期になりそうだわ！」

「貴族の女が獣と繁殖するなんて、レーネ以外にはできんぞ！　骨まで食われるんじゃないか？」

散々な言われようをしているが、身内である私のことを大きな声であざ笑う彼らよりも酷《ひど》い人がいるとは思えない。

私には、家族が一番の化け物に思えて仕方なかった。

どうしてこんなふうになったんだろう。おばあちゃんが生きている頃は、平穏な暮らしをしていたのに。

建国から国を支え続けるアーネスト家は、女性が当主になって、薬草菜園を営む決まりがある。

後継ぎとして生まれた私も同じ道を歩むため、分娩《ぶんべん》直後に亡くなった実母の代わりに、おばあちゃんがいろいろなことを教えてくれた。

薬草栽培の仕方だったり、魔法の使い方だったり、野菜の育て方だったり。

そのおかげもあって、八歳という若さで植物学士の国家資格に合格して、幸せに暮らしていたのだが……。

八年前におばあちゃんが亡くなると、事態は急変した。

「ようやくこれで哀れな娘と縁が切れ、家族水入らずで過ごすことができるよ」

まだ幼い私の代わりに当主になった父が、愛人と隠し子を連れ込んで、あっという間にアーネスト家を乗っ取ってしまったのだ。

当然、子供だった私に対抗する術はない。薬草菜園を守るだけで精一杯だったし、食事の量を極限まで減らされ、反抗する気すら起こらなくなっている。

その結果、アーネスト家の正統な後継ぎであるはずの私は今、用済みと言わんばかりに追い出されようとしていた。

「領内で栽培している薬草を株分けする条件付きだが、レーネを買い取ってくれるなら、それくらいは許容するべきだろう。まったく、物好きな化け物もいたものだ」

「あなた。獣の考えることなんて、人間にわかるわけがないでしょう？　で、いくらで売れたの？　こんなにも土臭くてみすぼらしいレーネのことだもの、きっとお安いんでしょう？」

「フッ、驚くがいい。なんと、支度《したく》金の金貨一千枚も含めて、金貨八千枚！　相当気に入っているみたいで、その場で全額支払ってくれたぞ！　ガハハハ！」

我が家の十年分の収入となれば、父の笑いが止まらないのも無理はない。

我ながら随分と高く売れたものだと感心した。

「おい、レーネ。化け物公爵の気が変わらないうちに、早く薬草を持って出ていけ。目障りだ」

「そうよ、明日の朝には出ていきなさい。薄汚れた女が着飾っても意味はないのだし、支度金は不要よね。せっかくだから、カサンドラのために使いましょう」

「さっすがママ、わかってる～♪　化け物公爵に人間の価値がわかるはずないもんね。だって、こんなにも貧相なお姉さまを嫁にするんだもん。ぷぷぷっ」

まともに食事させてもらえない私が貧相に見えるのは、当たり前のこと。まるで、枯れ果てた木のように細くて、とても貴族令嬢とは思えない体をしていた。

着ている服もヨレヨレで、糸がほつれているだけでなく、汚れて染みまで付いている。せめて、いただいた支度金で外面だけでも着飾るべきだと思うのだが……、それを言葉にするつもりはない。

「わかりました。明日、ベールヌイ公爵の元に嫁ぎます」

受け継がれてきた薬草を正当な理由で持ち出し、この家族から離れられるのであれば、どんなことでも受け入れるつもりだ。

ここに自分の居場所がないことくらいは、よくわかっているから。

「あなた、そんなことよりカサンドラの縁談話はどうなったの？　良い話があると言っていたわよね？」

「そうよ、パパ。ようやくお姉さまがいなくなるんだから、私の縁談くらいはすぐに決めてよね」

「まあまあ、落ち着きなさい。大事な話は部外者がいなくなった後にしよう。どこで情報が漏《も》れるかわからないからな」

早く出ていけ、と言わんばかりに父に睨《にら》まれた私は、急ぎ足で部屋を後にする。

明日の朝に出発するなら、今夜は徹夜で作業しなければならない。自分自身のためにも、薬草のためにも頑張らないと……。

薬草を持ち出すための準備をして、屋敷の外に飛び出し、綺麗《きれい》な星空を見上げた。

すると、ふとおばあちゃんの言葉を思い出す。


『我が家に受け継がれてきた薬草だけは、絶対に絶やしてはならないよ。レーネは薬草を育てるために生まれてきたんだからね』


こんなに惨めな思いをしてまで、薬草を育て続ける意味があるのかわからない。

植物を育てることしか教育されてこなかった私には、おばあちゃんとの約束が呪《のろ》いのように思えたこともあった。

それでも薬草を育て続けたのは、この家から逃げるのが怖かったわけでも、アーネスト家に生まれた使命を果たしたかったわけでもない。

母の代わりに育ててくれたおばあちゃんとの約束を破ったら、私も化け物みたいな心を持ちそうで怖かったからだ。

「生まれ育った土地じゃなくてもいいよね。薬草が育ったら、おばあちゃんは納得してくれるよね」

空から見守ってくれているおばあちゃんに、私の声が届くかはわからない。

ただ、故郷を捨てるのであれば、これからどんな未来が待ち構えていたとしても、おばあちゃんとの約束だけは守ろうと心に誓った。

感傷に浸りそうな気持ちを振り払い、暗い夜道をランタンで照らしながら歩いていくと、すぐに薬草菜園にたどり着く。

広大な大地で育つ薬草は、地面から生える緑色の植物で、あまり背は高くない。昼間は太陽の光を浴びるためにシャンッとしているが、今は月明かりに照らされているだけなので、ウトウトするように葉が揺れている。

「夜遅くにごめんね。どうしても今夜のうちに準備しておきたいの」

小さな子供に話しかけるように、私は足元で育つ薬草に声をかけた。

亡くなったおばあちゃんに『薬草と心を通わせるために話しかけて、ちゃんと声を聞いてあげるんだよ』と、育てられたので、律儀に教えを守っている。

だって、もう何も教えてもらえないから。

どんな些細《ささい》なことであったとしても、私にとっては大切なおばあちゃんとの思い出であり、教えでもある。

薬草菜園を営むアーネスト家として生まれた限りは、それを守り続けなければならない……。

そう思って生きてきたのに、まさか追い出される羽目になるなんて。

こんな栽培者と一緒にこの地を離れることを、薬草たちは受け入れてくれるんだろうか。

少し不安な気持ちになりつつも、教えに反することなく、薬草たちに問いかけてみる。

「遠くの地に引っ越すことになったんだけど、一緒に来てくれる元気な薬草はいないかなー」

彼らの反応を聞くため、周囲に薄く魔力を散布させた。

すると、いくつかの薬草が返事をするかのようにガサガサッと揺れる。

「すぐそっちに行くから、ちょっと待っててね」

薬草を持ち出すため、スコップと植木鉢を持ち、反応した薬草の元に向かう。

こうして薬草の意思を汲《く》み取りながら栽培する方法を、おばあちゃんに教えてもらった。

でも、本当に薬草と意思疎通が取れているのかはわからない。

子供の頃は、本当に薬草と会話できるようになるものだと思っていたけど、大人の悪《あ》しき心がそれを邪魔する。

私の魔力に反応して揺れただけ、そんな現実がわかる年頃になってしまった。

しかし、おばあちゃんの教えに背《そむ》くわけにはいかない。

「少しの時間だけ窮屈な植木鉢に移すよ。仮住まいだから許してね」

根を傷つけないようにスコップで掘り起こし、ゆっくりと植木鉢に移していく。

薬草は栽培が難しいと言われている植物で、ストレスを与える行為は厳禁。強い衝撃を与えたり、狭い場所で栽培したりすると、薬草の魔力が乱れて枯れる原因になってしまう。

だから、慎重に植木鉢に移し替えなければならなかった。

知識としては知っているものの、独りで薬草を移植させるのは初めてなので、いつもより丁寧な作業を心がけている。

「去年は無理して枯らせちゃったから、心配だなー。無事に移植できるといいんだけど」

おばあちゃんと作っていた頃、薬草はもっと元気な姿を見せていたのに、今はそれがない。年々収穫量が下がり、品質も落ちていた。

そんな状態での移植作業ということもあり、不安な気持ちだけが大きくなっていく。

本当にこの地から無事に薬草を持ち出せるのか、と。

「ううん、考えても仕方ない。今は薬草を移し替えることに集中しよう。やれるだけのことはやってみるから、少しだけ我慢して付き合ってね」

返事をするように葉を揺らす薬草を見て、すぐに気持ちを持ち直すのだから、私は単純なのかもしれない。

薬草たちの期待を裏切らないように頑張ろうと思った。

「持ち出す薬草が多い気もするけど、婚約の条件に含まれているのなら、お父さまも文句は言わないよね。一緒に来てくれる薬草は、一つ残らず持っていこうかな」

大金を手に入れた父には、もはや薬草が雑草にしか見えていない可能性がある。

乱雑に扱われるくらいなら、少しでも多くの薬草を移植させて、元気に育ててあげたかった。

アーネスト家が守り続けてきた薬草に、大きな価値を感じてくれている人もいるみたいだから。

「化け物公爵と呼ばれる獣人、か」

金貨八千枚もの大金を出して、面識のない私に婚約を申し込むなんて、いったい何を考えているんだろう。

流行《はや》り病で病人が増えたのか、魔物の被害で怪我《けが》人が多いのか、公爵さま自身が病気になられたのか……。

いくつか可能性は考えられるけど、どれも金貨八千枚も出すほどとは思えない。薬草の取引を増やした方が安上がりだし、わざわざ私を婚約者に選ぶメリットが見つからなかった。

どちらかといえば、自分の領地で薬草を栽培したい、そんな強い意思が感じられる。

「どんな理由があったとしても、ベールヌイ公爵が薬草に興味を持っているのは、間違いないよね。私にも興味を持ってくれているのかはわからないけど……。いったいどんな人なんだろう」

急遽《きゅうきょ》、見知らぬ獣人の元に嫁ぐことになった私は、まだ見ぬ婚約者のことを思いつつ、移植作業を続ける。

薬草栽培に興味を持ってくれるなら、おばあちゃんみたいに優しい人であってほしいなーと思いながら。

＊＊＊

無事に植木鉢に薬草を移し替えて、軽く仮眠を取った翌朝。

少し肌寒い空気を肌で感じながら、雲一つない空の下で出発の準備を進めている。

昨夜のうちに薬草を荷台に積んでおいたので、ドタバタと慌ただしく動き回る必要はない。私物もほとんど残っていないため、最低限の着替えと薬草栽培に関連するものを用意すれば、すぐに身支度が終わった。

後は馬車に乗って、優雅な旅に出かけるだけ……と言えたら、どれほどよかっただろうか。

信じられないことに、私は現在、荷車を運んでくれる馬の世話をしている。

ベールヌイ公爵の元へ向かうには、自分で馬を走らせる必要があったからだ。

いくら薬草や野菜を運ぶために馬を扱っていたとはいえ、貴族令嬢が自ら馬車を走らせて嫁に向かうなんて、とんだ笑い話である。

本当に自分が嫁ぎに行くのか、不安で仕方ない。最低でも御者の手配くらいはするべきだろう。

父がガラの悪そうな四人の護衛たちに金を渡している姿を見ると、余計にそう思ってしまった。

「大金で売れた娘だ。奮発してやるから、ちゃんと届けてくれ」

「チッ、訳アリ令嬢かよ。普通、俺《おれ》たちみたいな荒くれ者に子守りを押し付けるか？」

まったくの同感である。

貴族なら付き合う相手を考えるべきだし、支度金を使う場所は他にあると、強く言ってやりたい。

大金を払ってくれたベールヌイ公爵に対して、大変失礼な行為だと思う。

父にそんなことを言っても揉《も》めるだけだから、口にするつもりはないけど。

不満を感じながらも口を固く閉ざした私は、馬にニンジンを食べさせた後、薬草の世話をするために荷車の方に足を運んだ。

薬草をたくさん持ち運ぶこともあり、車内は植木鉢で敷き詰められていて、あまり良い環境ではない。

薬草たちの姿を見る度に不安を抱いてしまうが、その分ちゃんと世話をしようと心に決めている。

「おはよう。今日はちょっと寒いから、水やりは魔力濃いめ、水分多めにしておこうか」

いつものように薬草に声をかけて、水魔法で手の上に水球を作り出す。

しっかりと魔力を込めて、人肌くらいの温度まで調整した後、それを上空に飛ばした。


パァーンッ！


甲高い音と共に水球が破裂すると、魔力のこもった水が雨のように降《ふ》り注《そそ》ぐ。

薬草に水やりをする時は、最初にまんべんなく水をやらなければならない。それがおばあちゃんの教えだった。

「水のおかわりが欲しい薬草はいるかなー」

いくつかの薬草がガサガサと揺れたため、次は個別に魔力のこもった雨を注いでいく。

一緒に旅をする護衛たちに、軽蔑《けいべつ》するような眼差《まなざ》しを向けられながら……。

「本当に訳アリみてえだな。あいつ、やべえ奴《やつ》じゃねえのか？」

荒くれ者たちだけには言われたくない言葉である。特大ブーメランが刺さっていることに気づいてほしい。

もちろん、私だって年相応に恥ずかしい気持ちはある。でも、これくらいのことで遠慮していたら、薬草たちに対して失礼だろう。

今はどれだけ不審な目で見られようとも構わない。無事にベールヌイ公爵の元に薬草を届けるためには、そのことを最優先で考えなければならなかった。

こっちは薬草の移植を成功させることで頭がいっぱいなんだから、変に干渉してこないでほしい。

そんな私の思いが通じたのか、父がグッと眉間にシワを寄せて、荒くれ者たちを睨みつける。

「本当にヤバいのは、こいつを買い取った方だ。化け物公爵の怒りを買うような真似《まね》は、絶対にするんじゃねえぞ」

「ケッ、厄介な仕事だな。依頼額の桁《けた》が違った意味がようやくわかったよ」

本当にどこに金を使っているんだ、と思いながら、薬草の世話を続けていると、屋敷の方から一人の女の子が近づいてくる。

貴族令嬢らしいフリフリの部屋着を着て、眠そうに起きてきたカサンドラだ。

「ふわぁ～。お姉さまの見送りに間に合ってよかったわ」

可愛らしい妹っぽい台詞《せりふ》だが、カサンドラが別れを惜しんで見送りに来るとは思えない。

いつも私を目の敵にして、不幸に陥《おとし》れようとしてくるような子だったから。

思い返せば、いつもカサンドラの一言から不幸が始まっている。

『お姉さまは外で薬草ばかり眺めてるから、部屋は不要ね。私が使ってあげるわ』

『どうせ畑仕事で服が汚れるんだもの。中古で済ませた方がいいんじゃない？』

『今日のお姉さまは寝不足で顔色が悪いわ。食事が喉《のど》を通らなさそうだから、硬パンだけにしてあげて』

こうして部屋も服も食事も……薬草以外のすべてを奪われ、妹のものに置き換わっていった。

もちろん、私も最初は抵抗している。でも、カサンドラの言うことに口を挟むと、薬草菜園を荒らされてしまうので、いつしか反抗する気が失《う》せていった。

だから、彼女がわざわざ早起きして見送りに来るのは、それなりの理由があるんだろう。

「どうかしたの？　カサンドラに見送られるとは思わなかったわ」

「そんなことないよ。だって、これがお姉さまと話す最後のチャンスなんだもの」

不気味な笑みを浮かべるカサンドラの言葉を聞いて、昨日の話し合いを思い出す。

家族全員が死ぬことを前提にしていた、婚約のことを。

「お姉さまは知らないと思うけど、ベールヌイ公爵と言ったら、黒い噂《うわさ》が絶えない残虐な方よ。家臣を傷つけるだけならまだしも、殺したこともあるんだって。妻として迎えられるお姉さまは、いったいどうなるのかなー。うふふふ」

とても嬉《うれ》しそうに話すカサンドラは、私が心を痛める姿を見て、快楽を得る傾向にあった。

僅かな希望を抱いて実家を出ることも、この子は許してくれない。今よりも酷い状況に陥ると、絶望の未来がやってくることを伝えて、面白《おもしろ》がっている。

そんな妹が一番怖いと思っている私が、薬草に興味を持つベールヌイ公爵に恐れを抱くはずがない。

むしろ、これで本当に家族と離れることができると知り、安堵《あんど》する気持ちの方が大きかった。

「どうしたの、お姉さま。そんなに嬉しそうな顔をして。あはっ。もしかして、ついにおかしくなっちゃったの？」

目を輝かせるカサンドラに、素直な気持ちを伝えるつもりもない。

適当に話を合わせて、うまくやり過ごすことにした。

「そうかもしれないわね。いろいろと教えてくれてありがとう。何も知らずにベールヌイ公爵の元に向かうところだったわ」

「いいのいいの、気にしないで。ふわぁ〜……。お姉さまの最後の姿が見られたことだし、私はもう一眠りしてこようっと」

満足そうに屋敷へ戻るカサンドラを見ても、私の心は落ち着いている。

どんなことを言われても、私は最後まで妹のような歪んだ心《化け物》にはならなかった。半分血が繋《つな》がっている身としては、その事実にホッとしている。

「おい、レーネ。出発の準備ができた。早く御者台に乗って出発しろ」

「……はい。わかりました」

父たちの話し合いがまとまり、出発の準備を終えると、私は御者台に乗って馬の手綱を握った。

今はいつも通り馬を走らせて、薬草に負担をかけないようにしよう。

悪路を避け、馬を丁寧に扱い、荷車に強い衝撃を与えない。

そのことを強く意識して、おばあちゃんとの思い出が詰まった故郷を離れていくのだった。

＊＊＊

生まれ育った故郷を離れ、一週間が過ぎる頃。冷たい風に身を震わせながら馬を走らせていると、ようやくベールヌイ公爵が治める街が見えてきた。

防壁に守られた大都市で、実家とは比べ物にならないほど大きい。山も森も近くにあり、川も流れているため、辺境地のような雰囲気を放っている。

でも、何より思うことは——。

「長かった……。まさか一週間もかかるとは」

急に追い出されて移動する距離ではないだろう。ここまで遠いのであれば、最低限の予定くらいは伝えてほしかった。

ただでさえ、馬と薬草の世話をして、荒くれ者の護衛たちを警戒しなければならない。その状態でいつ到着するかもわからない街を目指すなんて、肉体的にも精神的にも厳しく、正直ヘトヘトとしか言いようがなかった。

唯一助かったのは、荒くれ者たちが私の分まで携帯食と毛布を用意してくれていたことだけ。決して良い旅とは言えなかったが、生きて目的地に到着できて本当によかったと思う。

無事にベールヌイ公爵の元に薬草が届けられるという意味では、これで一安心してもいいのかもしれないが……。なかなかそうも言っていられない。

ここからが私の第二の人生の始まりなのだ。おばあちゃんとの約束を守るためにも、気を引き締めなければならない。

背筋をピンッと伸ばして、防壁に備えられた門に馬を走らせていくと、年配の男性が一人で近づいてくる。

騎士の格好をした体格の良い老兵で、頭に白い二本の角を生やした怖そうな牛の獣人。片手で大きな斧《おの》を担《かつ》いでいて、左目には傷痕が残っていた。

薬草を欲するのは、こういった戦闘による負傷が多い影響なのかもしれない。ここは魔物が生息する危険な地域なんだろう。

カサンドラの言葉を思い返す限り、化け物公爵が傷をつけた可能性もあるけど。

「待て。荷車に載っているものは薬草みたいだが、嬢ちゃんたちは何者だ?」

鋭い視線を向けられたので、私は馬を止めて、軽く一礼をした。

「お初にお目にかかります。私はレーネ・アーネストと申します。この度、ベールヌイ公爵と婚約いたしましたので、薬草と共にやって参りました」

「俺は騎士団の副団長を務めるジャックスだが……。本当に嬢ちゃんがアーネスト伯爵家の令嬢なのか?」

ジャックスさんが不審に思うのも、無理はない。土で汚れたボロボロのドレスに、御者台に乗った婚約者が薬草を持ってやってきたのだ。

まだ、農家の娘が嫁いできた、と言われた方が納得できる。

「ああー……やっぱりそう思われますよね。なんかすみません。支度金もいただいたんですけど、このような感じで来てしまいました……」

しかし、こんな立派な都市を治める領主さまの元に嫁ぐと知ったばかりの私は、恐縮するしかない。恐れ多いとは、まさにこのことだ。

でも、荒くれ者の護衛たちは違う。荷物からゴソゴソと一枚の封書を取り出し、ジャックスさんに手渡した。

「こいつは間違いなくアーネスト家の娘だ。お前がベールヌイ公爵の者なら、ここに受け取りのサインをしろ」

「確かに、本物の証書だな。じゃあ、本当に嬢ちゃんがダンナの嫁さんなのか」

「あははは……」

乾いた笑いで誤魔化《ごまか》した私は、いきなり躓《つまず》いたことを自覚する。

痩せ細った体型に汚れた服装だけならまだしも、護衛の態度まで悪いとなったら、第一印象は最悪でしかない。

自分にできることがなかったとはいえ、公爵家から支度金までいただいているので、申し訳ない気持ちでいっぱいだった。

ジャックスさんが証書にサインすると、引き渡しは終わりと判断されたのか、荒くれ者の護衛たちはすぐに立ち去ってしまう。

本来であれば、貴族令嬢が馬車から降りるまで付き添うものなのだが……、肝心の私が御者台に乗っているのだから、それを期待するのは無理な話かもしれない。

早くも知らない土地に置き去りになってしまった私は、ジャックスさんに身を委《ゆだ》ねるしかなかった。

「嬢ちゃん、付き人は同行していないのか？」

この場に誰《だれ》も残らなければ、ジャックスさんがそういう疑問を抱くのも、当然のこと。伯爵令嬢の嫁入りとなれば、最低でも一人は付き人が同行するだろう。

これでは、家臣に信頼されていない令嬢です、と言っているようなものである。

そのため、何とか納得してもらえそうな理由を作り、乗り切るしか方法はなかった。

「ベールヌイ公爵を信用しておりますので、誰も連れてきませんでした」

「……そうか。嬢ちゃんが良ければ、それでいい。こちらも事情を詮索するつもりはない」

本当は事情を詮索したい、と言わんばかりに表情が曇っているが、グッと堪えて配慮してくれているように見えた。

公爵家の副団長を務める者として、不用意に聞いてはならないと判断したんだろう。それが普通の対応なのかもしれないけど、私は久しぶりに人の心を感じられて嬉しかった。

どうやら怖い見た目とは裏腹に、ジャックスさんは優しい人みたいだ。

「立ち話もなんだ、まずはダンナの元へ案内しよう」

冷静に対応してくれるジャックスさんは、街に入るように手で誘導してくれる。しかし、どうしてもやりたいことがあったので、私は引き止めることにした。

「お待ちください。突然で申し訳ないのですが、先に薬草を植栽させてもらえないでしょうか」

「こちらとしては構わないが、どう見ても嬢ちゃんは長旅で疲れているように見える。今日は無理せずに休むべきだな」

疲れているのは事実だが、あまり悠長なことは言っていられない。貧弱な体格をしているから、余計に心配させてしまうんだろう。

「私のことはお構いなく。どちらかといえば、薬草の方が疲弊しています。早く大地に返してあげないと、可哀想《かわいそう》です」

真剣な表情で訴えかけると、本当に植栽すると思っていなかったみたいで、ジャックスさんはポカンッとしてしまった。

婚約の条件に薬草の株分けが含まれていたこともあり、それに対する気遣いが建前《たてまえ》と思われたのかもしれない。

でも、薬草の状態を考えれば、本当に今すぐ行動したかった。

初めての移植にしては距離が遠かったし、狭い植木鉢の中で冷たい風を浴び続けている。過度なストレスをかけたまま放っておくなんて、できるはずがない。

私の体力と気力が残っているうちに、一刻も早く移植作業を進めるべきだ。

「丁寧に世話をしてきたつもりですが、すでに弱り始めているものがあります。薬草は繊細な植物なので、できる限り早く植えないと、今後の発育に影響が出るかもしれません」

「しかしだな……」

「この地で薬草が必要なんですよね？　それなら、すぐに植えさせてください」

亡くなったおばあちゃんのためにも、自分自身のためにも、そして、この街の人たちのためにも。

みんなの利害が一致している以上、断る必要なんてない。ましてや、薬草が枯れてしまったら、私との婚約は無意味なものに……。

そう思っていると、根気負けしたみたいで、ジャックスさんの頬《ほお》が緩んだ。

「フッ。やっぱり嬢ちゃんはアーネスト家の人間なんだな。あの人の面影を感じるぜ」

「えっ？　それはどういう意味で……」

「いや、何でもない。嬢ちゃんの気持ちは理解した。まずは植栽を済ませてもらおう」

「はい、ありがとうございます。我が儘《まま》を言って、すみません」

「構わない。まずはこっちについてきてくれ」

ジャックスさんの先導に従い、私は手綱を握り締めて、馬を動かす。

ベールヌイ公爵が治める街に足を踏み入れていくと、とても活気のある街並みが広がっていた。

大勢の人や獣人が行き来していたり、警備している騎士が目を光らせていたり、小さな子供たちがワイワイと駆け回っていたりと、とにかく街全体が騒がしい。

都会のような真新しい建物も多く見られて、大きな服飾店や宝石店、雑貨店など、辺境地とは思えない光景が目に映し出されていた。

「大きな街ですね。一人で出歩いていたら、迷子になってしまいそうです」

「公爵家が統治する街なら、最低でもこれくらいの広さは必要だ。元々この地は獣人国だったんだが、その頃は今の倍以上も広かったらしいぜ」

「なるほど。どうりで獣人の方が多いわけですね」

アーネスト領に獣人はいないし、実家の周りは薬草菜園や農地しか存在しない。少し離れた場所に街はあったけど、規模が大きく異なると感じるほど、ベールヌイ公爵の街は発展していた。

まさか田舎で薬草菜園を営んできた私が、こんな大きな街を統治する公爵家に嫁ぐなんて……。

人生は何が起こるかわからないとよく言うが、今日ほどその言葉を実感したことはない。

街並みの光景を新鮮に感じて、見とれながら進んでいくと、一軒の大きな屋敷の前でジャックスさんが足を止める。

「目的地に着いたぜ。馬車から降りてくれ」

「えっ？　目的地……？」

「ああ。今日から嬢ちゃんが暮らす、ベールヌイ家の屋敷だ」

ジャックスさんの指示に従い、私は御者台から降りる。しかし、あまりにも大きな屋敷に戸惑いを隠せず、呆然《ぼうぜん》と立ち尽くしてしまった。

広い庭に綺麗な花が育てられ、噴水から勢いよく水が飛び出している。寒くなって寝具の衣替えをしているのか、小さな猫っぽいメイドさんが布団《ふとん》を干していた。

近年、ぐっすりと眠れたことがない私にとっては、とても刺激的な光景である。

清潔な布団が風でユラユラと揺れ、心地よさそうに干されているではないか。

どうしよう。化け物公爵の元に嫁ぎに来たはずなのに、どこか期待してしまう。

本当におばあちゃんみたいな優しい人が領主さまなのではないか、と。

「私、嫁ぐところ間違えていないかな……」

「間違えていねえよ。そのうち見慣れるだろう」

「本気で言ってますか？　って、あれ。馬はどこに？」

「嬢ちゃんがボーッとしている間に、馬小屋に入れてきた。これくらいで驚いていたら、薬草栽培に集中できないぜ」

確かに……と納得していると、ジャックスさんが私の頭の上にポンッと手を載せた。

「言い忘れていたが、この地は身分や地位を深く考えない文化がある。態度や言葉遣いは期待しないでくれ」

「ああー……なるほど。これもそんな感じなんですね」

親戚の子供をあやすように、ジャックスさんが頭をポンポンしてくる。本来なら、こんなことは絶対にあり得ないだろう。

まったく実感は湧かないが、私は公爵夫人になるのだ。家臣であるジャックスさんが子供扱いしていたら、罰せられてしまう。

でも、この地ではそれが普通であり、無礼にはならない。だから、早めに慣れろって言いたいんだと思う。

「嬢ちゃんも気楽に過ごすといい。何か困ったことがあったら、遠慮なく言ってくれ」

「わかりました。お言葉に甘えさせていただきます」

今まで貴族令嬢らしい生活をしてこなかった私にとっては、打ち解けやすくて良いかもしれない。

「じゃあ、こっちについてきてくれ。嬢ちゃんの薬草菜園は、裏庭でやってもらう予定だ」

そう言ったジャックスさんの後をついていくと、とても裏庭とは思えない広い土地に案内された。

どれほど広いかといえば、私が栽培できる範囲を軽く超えるほどに。

「思っている以上に広いですね。でも、日当たりも良い場所ですし、薬草を栽培するには適しているかもしれません」

正直、急な公爵家からの打診だったため、栽培が難しい土地に案内されることを覚悟していた。

でも、ここは違う。

土が柔らかく、水分が十分に含まれていて、魔力も濃い。耕した形跡が残っているので、元々何かを栽培していた場所なんだろう。

そのおかげもあって、薬草を育てるにはちょうどいい土地だった。

「荷車はこの辺に置いておくぞ」

「えっ。あっ、はい。ありがとうございます」

長旅で集中力が途切れているのか、ボーッとしすぎな気がする。変に心配をかけないように、もう少し気を引き締めた方がいいかもしれない。

「この場所を自由に使ってもらって構わない。何か手伝うことはあるか？」

「気持ちは嬉しいんですが、一人で大丈夫です。下手に手伝ってもらうと、かえって薬草を枯らす原因になってしまいますので」

「わかった。じゃあ、今のうちに嬢ちゃんが来たことをダンナに伝えてくる。後は……そうだな。俺は屋敷の警護に回るから、本当に遠慮せずに声をかけろよ」

どこまでも気遣ってくれるジャックスさんは、そう言って去っていった。

今まで実家で心の歪んだ人と接し続けてきた反動か、気遣い上手な彼の優しさが身に染みる。

この地では味方になってくれる人がいる、そう実感できるだけでも嬉しくて仕方がなかった。

まだ領主さまがどんな人かわからないけど、ああいう人に薬草を使ってもらえるなら、しっかり育てていきたい。

「よし。今日中に薬草を植えなきゃいけないし、頑張ろうかな」

気力に満ちた私は、疲れた体に鞭《むち》を打ち、荷車からスコップを取り出した。

まず初めに、土が薬草を迎えられる状態を作らなければならない。そのためには、魔力を込めて畑を耕し、土にそれを浸透させる必要がある。

薬草栽培する際、一番キツイ作業と言われているのだが……。

スコップで少し掘るだけで、意外にもすんなりと魔力が浸透していく。

長旅で疲れている私の拙い魔力操作で、ここまで簡単にできるとは思ってもみなかった。

「この畑、昔は誰が使っていたんだろう。なんか懐かしい感じがするけど……気のせいかな」

もしかしたら、ベールヌイ公爵領の土と私の魔力は、相性が良いのかもしれない。実家と同じくらい気軽に作業できる気がする。

これなら夜が来るまでに終わらせられると思うから、頑張って作業を続けよう。

小さな植木鉢の中で我慢してくれた薬草たちのためにも、早く新しい住まいを作ってあげないと。

＊＊＊

必死になってスコップで畑を耕し、黙々と作業を続けていると、ジャックスさんとは違う男性がやってきた。

整った顔立ちに銀色の髪がスラッとしていて、大きなもふもふの尻尾《しっぽ》がある狼《おおかみ》の獣人。凛々《りり》しい服装をしているものの、体にエプロンを身につけている。

その力強い深紅の瞳《ひとみ》と目が合えば、視線を外せられな……ん？　な、なんだ、あれは。

何か手に持っているぞ！　この芳醇《ほうじゅん》なバターの香りは、もしかして――！

「俺の名前は……。……だ。……長い……。遠慮など……」

さ、差し入れだ！　まだ領主さまに挨拶《あいさつ》していないのに、まさかの差し入れがここに！

おぼんの上に載ったジャガイモのガレットとホットミルクを目の当《まあ》たりにした私は、もう冷静な思考ではいられなかった。

耳から耳へ言葉が素通りして、頭の中に会話が入ってこない。

だって、周囲に誰もいない以上、この料理は私のために持ってきてくれたものと考えて、間違いない。わざわざ焼きたてを持ってきてくれるあたり、とても歓迎されていると実感する。

この瞬間、私の中で化け物と呼ばれるベールヌイ公爵……いや、マーベリックさまは、人の心を持った方だと確信した。

単純だと思われるかもしれないが、これればかりは仕方ない。

八年ぶりに湯気の出た料理が目の前に運ばれてきたら、普通は誰でもそう思――。

「おい、聞いているのか？」

「えっ⁉　あっ、はい。はじめまして、レーネ・アーネストです。えーっと……」

「リクでいい」

「リクさんですね。よろしくお願いします」

料理人のリクさん。よし、名前を覚えた。顔も覚えた。

今の私の視界には、ジャガイモのガレットしか映っていないが。

「昔、この地域は獣人国だったこともあり、独特の文化が残っている。その一つとして、家臣を労《ねぎら》うために当主が料理を――」

「えっ？　なんですか？」

「……まあ、後で話す時間はいくらでもある。今は本格的に作業を進める前に休憩してくれ。体がもたないだろう」

「お、お言葉に甘えさせていただきます」

八年ぶりにまともな料理にありつけそうな私は、ゴクリッと喉を鳴らす。

そして、恐る恐る差し出されたおぼんに手を伸ばし――。

「手は洗えよ？」

貴族令嬢として、大変はしたない行動を取っていると自覚した私は、魔法で水球を作ってバシャバシャと手洗いした。

しかし、ハンカチすら持たせてもらえなかったので、服で拭……。あっ、ハンカチをどうもありがとうございます。本当にここの家の皆さんは親切ですね。

コホンッ。私も嫁いできたばかりの貴族令嬢ですから、もう少し淑《しと》やかに対応したいと思います。

「では、ありがたくちょうだいします」

「急に猫を被《かぶ》られてもな。どうせ長い付き合いになるんだ。最初から自然体で過ごした方が楽だぞ」

「そうですよね。では、遠慮なくいただきます」

ジャガイモのガレットから漂うバターの香りで理性が崩壊している私は、周りの目を気にすることなく両手でつかみ、勢いよく頬張《ほおば》った。

表面がカリカリッと芳《こう》ばしく、中はホクホクで柔らかい。どこかホッと安心するような、ジャガイモの香りがブワッと広がるだけでなく、バターの旨味とほんのり利《き》いた塩が甘みを引き立たせている。

「リクさん、料理の天才ですね……！」

「レーネはうまそうに食べる天才だな」

「だって、おいしいですからね。特にこの表面のカリカリがたまりません」

「ちょうど昼ごはんの時間が終わり、ジャガイモしか残ってなくて申し訳ないと思っていたが、気に入ってもらえて何よりだ」

「いえいえ、素敵なおもてなしだと思いますよ。旦那さまに感謝ですね」

なんといっても、あま～いホットミルクがジャガイモに合う！

この組み合わせで持ってきてもらえただけでも、最高に幸せな気分になっていた。

思わず、まだお会いしていないマーベリックさまのことを『旦那さま』と言ってしまうほどに。

そんなことを考えながら食べていると、ふとリクさんの顔が赤くなっていることに気づく。

どうやら料理を褒められることに慣れていないらしい。

照れくさそうな表情を浮かべながら、リクさんは私の食べる姿を眺めていた。

「ジャックスから聞いたが、本当に作業を手伝わなくても大丈夫なのか？　屋敷に手の空いている者は何人かいるぞ」

「いえ、お構いなく。土と薬草の魔力を同調させる必要があるので、下手に手伝ってもらうと枯れてしまうんですよ」

「面倒なものだな。どうりで薬草は植物学士以外に育てられないはずだ」

リクさんの言葉を聞いて、疑問に抱いていたことが解かれていくような感覚を覚える。

婚約の条件に薬草の株分けを提示したのは、単純に薬草が欲しかったのではなく、育てたかったのではないか、と。

「もしかして、この街で薬草栽培に挑戦されたことがあるんですか？」

「俺も詳しくは知らないが、五十年前にここで薬草を栽培していたと聞く。未《いま》だに当時のことに感謝している者が多い影響か、待ちきれずに畑を耕す者がいたみたいだな」

どうりで随分前の話なのに、畑が荒れていなかったわけだ。婚約が決まった時点で、誰かが薬草を受け入れる準備をしてくれていたんだろう。

思っている以上に歓迎されていると知り、嬉しい気持ちが大きい。でも、それと同じくらいプレッシャーを感じてしまう。

五十年前ということは、ジャックスさんみたいな年配の方は、その当時のことを知っているはず。まだ未熟な私が薬草を栽培したら、変に比較されそうで怖かった。

「あの、本当に私がここで薬草を栽培しても大丈夫ですか？　怒られません？」

「心配しなくてもいい。この場所を受け継ぐのに、レーネ以上の適任者はいないはずだ。喜ぶ者の方が多いだろう」

薬草で有名なアーネスト家の人間というだけで、無駄にハードルが上がっているように感じる。

貧弱な私の姿を見て、畑を耕した人が落ち込まないか心配だ。

ただ、五十年前とはいえ、いったい誰が薬草栽培を？　失敗したら瘴気《しょうき》が発生するため、植物学士の資格を持たない者は栽培できないと、法律で固く禁じられているのに。

公爵家の敷地内で栽培したのであれば、身元がしっかりした植物学士だと思うけど。

「ところで、領主さまは——あれ？　リクさん？」

「日が落ちるまでに作業の目処《めど》を付けてくれ。無理はさせられないからな」

領主さまのことを聞こうとしたら、すでにリクさんは背を向けて、屋敷に向かって歩き出していた。

もしかしたら、夜ごはんの準備で忙しいのかもしれない。私ものんびりと休憩させてもらったが、まだまだやることがある。

栄養補給もできたし、薬草に期待されているみたいだから、しっかりと頑張らないと！

＊＊＊

日が沈み始めた夕暮れ時。はぁ～、と大きな吐息を漏らした私の前には、見慣れた光景が広がっていた。

「う、植え終えた……」

持ち運んできた薬草たちが凛と生え、魔力を帯びた葉が夕日に照らされている。狭い植木鉢から解放された影響か、背筋をグーンッと伸ばした薬草たちは、のびのびと過ごしていた。

どうやら無事に移植作業を終えられたらしい。これで薬草に関しては、ひとまず安心してもいいだろう。

張り詰めていた緊張の糸がほぐれると、疲労感が重しのようにズッシリとのしかかった。

本日二度目のヘトヘト状態である。

途中でリクさんが軽食を用意してくれなかったら、今頃《いまごろ》は白目をむいて倒れていたに違いない。

領主さまの優しい気遣いと、リクさんのおいしい料理に感謝の思いしかなかった。

またジャガイモのガレットが食べたいなーと思うあたり、何に一番感謝しているのかは言うまでもないが。

欲望に満ちた邪念を振り払った後、最後に薬草を植え終えた畑の前でしゃがみ、目を閉じて祈りを捧《ささ》げる。

「大地の祝福に感謝を」

こうして薬草の無事を願い、大地に感謝するのが習わしだった。

決して、もう一度ジャガイモのガレットが差し入れに来ることを願ったわけではない。

「よし。じゃあ、これで今日の仕事は終わり……って、これからどうしたらいいんだろう」

我が儘を言って植栽作業をさせてもらっていたため、どこに移動すればいいのかわからない。

もはや、迷子の子供と同じ状態だった。

屋敷の警備に回ってくれたジャックスさんを探した方がいいのかなー、と思って立ち上がると、不意に服をクイクイッと引っ張られる。

不審に思って後ろを振り向くと、そこには小さな獣人の女の子がいた。

大きな耳をピクピクと動かすライオンの女の子で、もふもふの尻尾が優雅に揺れている。一見、私と同じように迷子の女の子に見えるが、侍女の服装をしているので、この屋敷に雇われているんだろう。

「奥方。終えた？」

「……」

可愛い。つぶらな瞳で上目遣《うわめづか》いしてくる獣人の女の子に、私は開いた口が塞《ふさ》がらない。

「奥方。終えた？」

「あっ、はい」

奥方って、私のことか。まだ領主さまとお会いしてもいないのに、そういう扱いをされるとは思わなかった。

しかし、どこかマイペースな彼女は気にしない。

引っ張っていた私の服から手を離し、胸を大きく張る。

「こほんっ。私が奥方の侍女に選ばれた、百獣の王女マノンだ。がおーっ」

「……」

両手を曲げて、襲い掛かってくるようなポーズを取る彼女が、とても可愛い。

これは領主さまの趣味だろうか。

「私が奥方の侍女に選ばれた――」

「聞こえていましたよ。驚いて声が出なかっただけで」

「申し訳ない、奥方。ライオンの威厳が出て、驚かせてしまったようだ」

領主さまの趣味ではなく、本人の意思によるものだと察した。

本当にライオンの威厳があったら、侍女にならないのではないだろうか、という冷静なツッコミはやめておこう。

単純に大人げないし、まだ小さなこの子の夢を壊したくはない。

こんなに可愛い子が侍女になってくれるのは嬉しいなーと油断していると、急にマノンさんがキリッとした表情を向けてくる。

「奥方、随分と疲れているように見える。湯浴《ゆあ》みをしよう」

「えっ？　湯浴み？」

「お風呂《ふろ》のこと。熱い湯が、がおーっと出ているところだ」

さすがに私も湯浴みの意味は知っているが、まさか自分が入ることを勧められるとは、夢にも思わなかった。

実家にはお風呂がなかっただけでなく、私は汚れた体や服は川で洗っていたので、唐突に言われても受け入れ難《がた》い。まだ嫁いできたばかりだし、言われるがまま入っていいものではないだろう。ましてや、一週間の旅を終えて、我が儘を言って薬草を植えさせてもらったばかり。贅沢《ぜいたく》な行為は控えないと、図々《ずうずう》しい嫁だと思われてしまう。

子供でマイペースなマノンさんは、そのことに気づいていない気がした。

「申し訳ない、奥方。またライオンの威厳が出て、驚かせているようだ」

どうしよう。考え事をしていただけなんて、言いにくい。『がおーっ』という言葉だけで威厳は発動しないと、誰か教えてあげてほしい。

そもそも、可愛らしいマノンさんに威厳があるのかないのかは、別にして。

「気遣っていただかなくても構いません。これくらいなら、少し休めば大丈夫ですので」

「本当？」

「本当です。体を拭くために、濡《ぬ》れタオルをいただけますか？」

「……」

どうにも納得がいかないみたいで、マノンさんがジーッと見つめてくる。

そして、私の体を軽くトントンッと叩《たた》き、何かの確認を始めた。

「無理は良くない、奥方。疲労困憊《ひろうこんぱい》、筋肉が悲鳴を上げている」

なぜ軽く触っただけでわかるんだろう。小さな獣人の女の子と思っていたけど、意外にしっかりしているのかもしれない。

私の侍女と言っていたし、ここは素直に話した方がいいのかな。

「まだ顔合わせもしていませんし、薬草の移植を終えただけです。湯浴みという贅沢なもてなしを受ける資格はありません」

「……十分ではないだろうか」

「えっ？」

「もてなされるのに、十分ではないだろうか」

キョトンッと首を傾《かし》げたマノンさんは、相変わらず私をジーッと見つめていた。

「長い旅路を終えたばかりなのに、奥方はすぐに仕事に取り掛かってくれた。その姿を見て文句を言う者など、この屋敷にはいない。薬草を植えてくれた奥方には、きっとみんなが感謝している」

小さな女の子に純粋な気持ちをぶつけられると、何とも照れくさい気持ちになってしまう。

こうして誰かにお礼を伝えられるのは、何年ぶりになるだろうか。些細なことでも認めてもらったことが嬉しくて、なんて言葉を返していいのかわからない。

思わず、私はマノンさんから目を逸《そ》らした。

「初めて訪れた土地で、自分よりも薬草の心配ができる奥方は、とても優しい。しかし、自分を蔑《ないがし》ろにするのなら、ここでドクター侍女ストップだ。がおーっ」

再びマノンさんのライオンポーズが炸裂《さくれつ》して、ついに私は萎縮してしまったのかもしれない。

反抗する気がなくなり、お言葉に甘えようという気持ちになったのだ。

そのことに気づいたマノンさんは、ニコッと満足そうに笑みを浮かべる。

「ふっ。ライオンの威厳に逆らうことなどできまい。やはり奥方の侍女を務めるのは、私しかいないようだ」

私の侍女はズルイ、そう思った瞬間である。

「すでに湯浴みの準備は終えている。早く行こう」

そう言ったマノンさんに優しく手を握られ、引っ張られていくと、大きな風呂場に案内された。

扉を開けただけで、霧が発生したかのように蒸気がモワッと立ち昇り、程よい熱気に身を包まれる。そして、木材で作られた綺麗な浴槽が目に飛び込んでくると、私は呆気《あっけ》に取られてしまった。

体の汚れを落とすだけなのに、なんて贅沢な施設なんだろう。蒸気に包まれるだけでもポカポカと温かく、自然と肩の力が抜け落ちる。

「奥方。湯浴みする前には、水分を摂《と》らなければならない。まずはこれを飲むといい」

あまりにも心地いい空間で勧められ、いつの間にか自然と受け入れていた私は、大きなグラスを両手で持っていた。

透明な水ではなく、薄い黄色のような白のような濁り方をしていて、果肉が少し混じっている。

疑問を抱いてグラスに顔を近づけてみると、レモンの爽《さわ》やかな香りが鼻をくすぐり、思わずゴクリッと喉を鳴らした。

「仕事終わりには、マノン式ハチミツレモン水が効果的」

「なるほど。マノンさんの手作りなんですね」

「うん。ここはグビッといくべき、グビッと」

お言葉に甘えると決めたばかりだし、せっかく用意していただいたのだから、ここは彼女の言うことに従おう。

意を決した私は、爽やかな香りを放ち続けるハチミツレモン水を、勢いよく喉の奥へ流し込む。

その瞬間、刺激的な味を感じて、思わず目を閉じてしまった。

レモンの酸味が強く押し寄せるものの、甘～いハチミツがまろやかな味わいに変えてくれて、飲みやすい。その味わいに夢中になってしまい、途中で止められそうになかった。

疲れ果てた細胞に染みわたり、体の内側から癒《い》やされるような感覚。おいしいと感じると共に、幸せを実感した。

「ぷはぁ～……」

「奥方。飲んだ後はすぐに湯船に浸《つ》かろう」

「はいぃ……」

ハチミツレモン水で心を掌握された私は、そこからマノンさんの言葉がすんなりと入ってくるようになり、身を委ね続けることになった。

お風呂で背中を流してもらうと、薔薇《ばら》の香りが出る石鹸《せっけん》を使ってくれて、身も心も気持ちがいい。

頭を洗う際には、程よい力加減で頭皮のマッサージをしてくれて、自然と瞼《まぶた》が落ちてくる。

そして、極めつけと言わんばかりに、温かい湯船にゆったりと浸からせてもらった。

「奥方、極楽気分？」

「はいぃ……」

マノンさんのもてなしが進み、どんどんと快楽に溺れるだけの時間が増えていく。

それは、湯浴みが終わった後でも同じだった。

ポカポカと体が火照ったところで、お風呂から出ると、貴族令嬢らしいフリフリの部屋着を着せてもらう。

八年ぶりに新品の服を着てる……などと感動している暇はない。マノンさんに手を引っ張られ、屋敷の中を歩いていると、一つの大きな部屋に案内された。

「ここが奥方の部屋」

「私の、部屋？」

「うん。奥方の部屋」

思わず声を出して確認するものの、さすがに素直に受け入れることができない。その部屋は、絵本の中を再現したかのように可愛い空間だった。

白とピンクを基調にしたオシャレなテーブルに、清潔な印象を抱く真っ白のカーテン、そして、天蓋付きのベッド。

何の冗談だろう、と疑問を抱いているのも束《つか》の間、マノンさんに手を引っ張られて、ベッドの上に誘導される。

ふわふわとした柔らかいベッドと、お日さまの香りがするシーツを前にして、抗《あらが》うことはできない。

快楽を与え続けられた体は、更なる癒やしを求めるようにベッドに倒れ込んだ。

ばふっ

ポカポカと火照った体だけでなく、干したてであろうシーツも温かくて……。なんて気持ちがいいんだろうか。

これは極楽気分で間違いない……と思っていると、うつ伏せになっている私の上に、マノンさんが乗ってきた。

「奥方、これでトドメを刺してやろう」

「トドメ……？」

何やら不吉な言葉が聞こえたと思った瞬間、信じられない衝撃が腰を襲う！

ぷにぃ～　ぷにぃ～

マノンさんが、絶妙な力加減でマッサージしてくれているのだ！　まるで、肉球で触れてくるみたいにして！

いくら獣人とはいえ、マノンさんの手は普通の人と変わらなかった。肉球など存在しない……にもかかわらず、プニプニと極上の感触が腰に走り続けている。

「風呂上がりに受けるマノン式肉球マッサージは、極楽に誘う」

「はへぇ～……」

情けない声しか出てこないが、本当に極楽なのだから、仕方ない。でも、そんな気持ちとは裏腹に不安な思いが押し寄せてくる。

こんな幸せな体験ばかりしていては、もう元の生活には戻れないのではないか、と。

まだベールルヌイ公爵とお会いしていないため、今後はどうなるのかわからない。おばあちゃんが亡くなってから、貴族令嬢らしい生活をしてこなかった私には、不釣り合いなのだ。

このまま幸福な刺激を受け続けたら、きっとダメな人間になってしまう……！

衣食住が充実したスローライフの虜《とりこ》になり、のんびりと暮らす生活に馴染《なじ》みそうで怖い!!

「マノンさん、これくらいで勘弁してください。私はまだ、正式に妻として迎え入れられたわけで

は……」

「気遣いは不要だ、奥方。侍女の仕事をまっとうする、それが私のライオン魂なのだから」

「少しは話を聞いて……クハァーッ！」

今日一番の肉球マッサージが、極楽というツボに刺さった。

ダメだ。もう、寝そう。意識が朦朧《もうろう》としている……。

自然と瞼が落ちてきて、夢の中に向かおうとした時、プニッと強めの感触が腰に走った。

「奥方、聞いてはならないのかもしれないが、一つだけ質問したい」

「どうされましたか～……」

「奥方は食事が嫌いか？」

マノンさんの問いを聞いて、一気に目が覚める。

見た目だけならまだしも、直接体を触ったマノンさんは、あまり食べていないことに気づいているはず。でも、なんて答えればいいのかわからくて、すぐに返答できなかった。

素直に満足に食べさせてもらえなかったと言うべきか、食が細いと偽るべきか、太らない体質だと誤魔化すべきか。

どの答えもイマイチな気がして、正解がわからない。私はこの地に助けを求めてやってきたわけではないのだから。

旦那さまが何を考えているのかわからない以上、あまり弱みを見せない方がいいんだけど……。

そんな話を急にされても困る。

ぐぅ～

人間というのは不思議なもので、食べ物の話をすると、急激にお腹《なか》が空《す》いてしまう。いや、忘れていた空腹を思い出す、と言った方が正しいのかもしれない。

少なくとも、私は急速に空腹状態に陥り、お腹の音を止めることができなかった。

「奥方の体は正直で好きだ」

「私は今日ほど自分の体を恨んだことはありません」

嫁いできたばかりで至れり尽くせりの厚遇を受けているのに、食事を催促するようにお腹を鳴らしてしまうなんて。

さすがにこればかりは恥ずかしい。

「でも、よかった。奥方は普通に食事が楽しめるみたいだ」

「……心配してくれていたんですか？」

「うん、少しだけ。一緒に食事を楽しまないと、家族になった気がしない」

家族、か。ジャックスさんが身分や地位が関係ないと言っていたのは、こういうことなんだろう。同じ屋敷に住む者を家族として扱い、互いに思いやる。きっとベールヌイ家は、そういう優しい家系に違いない。

どんな事情があったとしても、彼らに心配をかけるべきではないと察した。

「不作が続いて、満足に食べられなかっただけですよ。痩せていることに深い意味はありません」

ようやく適度な嘘《うそ》を思い付いた私は、マノンさんの極上マッサージの刺激に耐えきれず、重い瞼を閉じる。

「奥方は頑張りすぎている。無茶はしない方がいい。さもないと、がおーっとライオンの威厳に怯《おび》えることになってしまう」

「マノンさんがそう言うなら、気をつけないといけませんね」

「うむ。ちゃんと休むといい。今日の夜ごはんは、きっと肉だ」

「肉ですか。いいですねー……」

「やはり、疲れた時は肉。疲れてない時も肉。絶対に肉は必要で――」

あまりにもマノンさんが「肉」と言うものだから、肉ってどんな味だったっけ、なーんて考えながら、私は意識を手放してしまうのであった。

幕間 ✦ 最後の幸せ（アーネストside）

時は遡り、レーネが馬車でベールヌイ公爵の元へ向かっている頃。

正当な後継者を失ったアーネスト家の薬草菜園の前には、二人の親子の姿があった。

レーネの父であるアーネスト伯爵と、妹のカサンドラである。

「今日からこの薬草菜園は、カサンドラのものだよ」

「ありがとう、パパ。ようやく手に入れることができたのね」

これまで幾度となくレーネのものを奪い続けてきたカサンドラだが、本当に欲しかったものを手に入れることができて、満面の笑みがこぼれていた。

「何でも言うことを聞くお姉さまだったけど、ここだけは絶対に譲ってくれなかったのよね」

「祖母の死を受け入れられず、薬草にしがみつくことでしか生きられなかったのだろう。哀れな娘だった」

「でも、そのおかげで大金が手に入ったし、ようやく私たちの夢も叶《かな》うわ」

「そうだな。パパはこの日が来ることを、今か今かと待ち望んでいたよ。カサンドラが聖女と証明される、この日のことを！」

喜ぶカサンドラの姿を見て、アーネスト伯爵はニヤリッと不敵な笑みを浮かべる。

「この国に疫病が流行《はや》ったり、魔物が大繁殖したり、薬草が不作続きだったりすると、豊穣《ほうじょう》の女神に愛された聖女が現れて、窮地を脱している。レーネが薬草を不作にした今、カサンドラが聖女になる舞台が整ったのだよ！」

華やかな未来をつかみとったと確信するアーネスト伯爵は、喜びが堪えきれていない。

レーネを売り払った大金を手にしたこともあり、もはや目の前の薬草が道具にしか見えなかった。

一方、カサンドラは違う。悦に浸る父を前にして、大きなため息を吐く。

「もう……その話は聞き飽きたわ。私は可愛《かわい》くて、愛嬌《あいきょう》もあって、色っぽい女の子なんだから、聖女に決まってるじゃない」

「もちろん、パパはカサンドラが聖女だとわかっているが、世間には気づかない輩《やから》が多いのだよ。しかし、それもここまでだ。さあ、今こそカサンドラが聖女であると証明しようではないか！」

「任せて。お姉さまのマネをするだけでいいんでしょう？」

いつもレーネが水をやっているように、カサンドラは手のひらに小さな水球を作り出す。

そして、それを上空に放り投げると、カサンドラの魔力が込められた水の雨が降り注《ふそそ》いだ。

その瞬間、薬草が魔力を吐き出し、綺麗《きれい》な光の粒子が舞い上がる。

「おお……！　これが本来の薬草のあるべき姿か！　薬草が神々しい魔力を放ち、カサンドラを迎え入れているではないか！」

「私が正真正銘の聖女なんだもの。歓迎されて当然だわ。きっと豊穣の女神さまが薬草を通じて、お祝いしてくれているのね」

幻想的な光景を目の当《まあ》たりにして、気分を良くした二人は、薬草の異変に気づかなかった。

カサンドラの魔力が葉に浸透して、葉が黒ずみ始めていることを。溜《た》め込《こ》んでいた綺麗な魔力を放出する代わりに、禍々《まがまが》しい魔力を作り始めていることを……。

これが薬草による拒絶反応であることを、二人が知る由もない。

正統な後継者を追い出し、伯爵の地位を完全に掌握した優越感に浸り続ける彼らには、綺麗に輝く光の粒子しか見えていなかった。

「お姉さまはいつも友達みたいに薬草に話しかけていたのに、最後まで認められなかったのね。だって、お姉さまが水をやっても、こんなふうに歓迎されなかったんだもの」

「仕方ないだろう。何年も不作で結果が残せず、多くの薬草を枯らしているんだ。薬草たちに嫌われるのも、当然のことだよ」

「あーあ、お姉さまが可哀想《かわいそう》だわ。誰《だれ》からも愛されることなく、化け物公爵に食べられるなんて」

「罰が当たっただけだ。それに本当に可哀想なのは、今まで育てられていた薬草の方だろう。カサンドラが魔法の勉強をしている間、ずっとレーネに虐げられていたんだからね」

「パパの言う通りね。お姉さまに同情して損しちゃった。せっかくなら、この光景を見せつけてから追い出したかったわ」

ちょっぴり後悔するカサンドラだったが……、すぐに興味が別のことに移る。

どうでもいい姉のことよりも、自分のことの方が大事だからだ。

「ねえ、パパ。もうそろそろドレス屋さんが仕立てに来る頃よ。薬草なんて放っておいて、新しいドレスのことを考えないと」

「もうそんな時間か。もう少しこの光景を眺めていたいが……仕方ない。せっかく大金が手に入ったことだし、今日はお祝いだ。カサンドラに相応《ふさわ》しい魅力的なドレスをデザインしてもらおう」

「ありがとう、パパ！　大好きよ！　私ね、前から妖艶な聖女になりたいと思っていたの。ちょっとセクシーなものでも大丈夫かしら。今どきの聖女は、民衆を魅了するくらいじゃないと……」

楽しく話す二人を見送るように、薬草は魔力を吐き続ける。しかし、誰もそのことが異常だと気づくことができなかった。

アーネスト家が受け継いできた薬草の異常を感じられる者は、もうこの地にいないのだから。

第二章 ✦ 幸せな時間

小鳥のさえずりが聞こえると共に、小さな手でユサユサと体を揺らされる感覚がして、私は目を開ける。

「奥方、おはよう」

「へっ？　もう朝？」

窓から差し込む爽《さわ》やかな日の光と、それに照らされたマノンさんの姿を見て、本当に朝を迎えていると実感した。

どうやらマノンさんにマッサージされたまま、熟睡していたらしい。普通は嫁いできたばかりで眠れなかった、と嘆くところかもしれないが、私には無縁の問題だったみたいだ。

むしろ、こんなにもゆっくりと休めたのは、何年ぶりだろうか。実家で過ごしていた時よりも遥《はる》かに快適で、身も心もスッキリとしている。

嫁いできたばかりの私に、ここまで良くしてくれる必要なんてないはずなのに……。その優しさが心に響いて、ありがたい気持ちで胸がいっぱいだった。

この恩は立派な薬草を育ててちゃんと返そう、と考えていると、マノンさんに服を軽く引っ張られてしまう。

「奥方、早く着替えよう。朝ごはんに遅れる」

「朝ごはん……！」

昨夜、夜ごはんを食べ損ねていることを瞬時に理解した私は、行動が早い。

図々《ずうずう》しいと思いつつも、マノンさんの指示に従い、用意してくれたオシャレなワンピースに素早く着替える。しかし、すぐに問題が発生した。

年頃の女の子が着るような服が似合わないとか、着たい服がないとかいう問題ではない。単純に服のサイズが合わず、すぐに肩紐《ひも》がズリ落ちてくるのだ。

無駄にセクシー……と言いたくても、痩せすぎた体ではそれすらも言えなかった。

「奥方、痩せすぎ」

「すみません。普段着くらいは用意してくるべきだったんですが……」

「ひとまず肩紐を結んで、ケープを羽織って誤魔化《ごまか》そう」

「わかりました。それでお願いします」

ワンピースの肩紐を結び、ふんわりと肌に優しい素材のケープをかけてもらうと、私はあることが頭によぎった。

昨日の極楽マッサージのプニプニした感触は、いったい何だったんだろうか、と。

「マノンさん、手を見せてもらってもいいですか？」

「ん？　いいよ？」

キョトンッとした顔で首を傾《かし》げるマノンさんは、スッと両手を差し出してくれる。

しかし、そこには人族と同じような小さな手しか見られなかった。

「昨日のプニプニとした手ではないですね……」

「あっ、奥方は人族だから知らないのか。獣人は獣の力も操《あやつ》る種族だから、獣化できる」

「獣化、ですか？」

聞き慣れない言葉に戸惑っていると、衝撃的な光景を目《ま》の当《あ》たりにする。

マノンさんの手が、一瞬で獣の姿に変わってしまったのだ。

もふもふした毛と鋭い爪《つめ》、そして、可愛《かわい》らしい肉球が存在している。

思わず、両手でマノンさんの手を包み込み、肉球を触らせてもらった。

「おお、プニプニしていますね……！」

意外に弾力があり、硬いような柔らかいような独特な感触がする。何度も押したくなるような不思議な気持ちになり、プニプニするだけで癒《い》やされていた。

「奥方にマッサージされてる～……」

肉球を押さえられると気持ちがいいのか、マノンさんは優しい笑みを浮かべて、ボーッとしている。

赤ちゃんのように弱い力で指をニギニギしていて、とても愛らしい姿だった。

こんな姿を見せられると、別の部分も触りたくなってくる。

「ちなみに、耳とか尻尾《しっぽ》を触っても……？」

「ダメッ！　いくら奥方でも、それは許される行為ではない」

急に警戒心を強めたマノンさんは、両腕で大きくバツを作った。

そして、獣化した手で威嚇するように手を振りかぶる。

「下手に手を出したら、ガオーッと襲いかかるかもしれない」

うわっ！　獣っぽい手でそれをやられると、本当にライオンの威厳が……いや、ないな。

むしろ、本格的に可愛さ重視になった気がする。

「マノンさんが嫌であれば、やめておきます」

「うん。そうした方がいい」

せっかく専属侍女を務めてくれるのだから、嫌われるような真似《まね》はしたくない。

もっと仲良くなれたら、もう一度お願いしてみてもいいかもしれないが。

「ハッ！　こんなことをしている場合じゃない。朝ごはんに遅れる」

「あっ、そうでした。急ぎましょう」

頭の中が朝ごはんのことで埋め尽くされた私たちは、すぐさま二人で部屋を飛び出していく。

昨晩は風呂《ふろ》上がりでボーッとして歩いていたため、屋敷の内観に見覚えがなく、右も左もわからない。見知らぬ光景ばかりが目に飛び込んでくる。

綺麗《きれい》に掃除された窓に、鮮やかな花が添えられた花瓶《かびん》、そして、窓の外には植えたばかりの薬草たちが見えていた。

思わず、立ち止まって確認してみるが、具合の悪そうな薬草は見当たらない。むしろ、生き生きと過ごしているように見える。

昨日の夕方に植え終えたばかりで心配だったけど、薬草たちも優雅に過ごせているみたいだ。

「奥方、立ち止まっている時間はない。急ごう」

「あっ、すみません」

マノンさんに手を引っ張られて、駆け足で向かっていくと、広々としたダイニングにやってくる。

大きな机がいくつもあり、ワイワイと賑《にぎ》わいながら食事しているように見えるが……。

「俺《おれ》の肉を取るんじゃねえ！」

「名前書いてねえだろ！　あっ、それは俺が狙《ねら》っていた肉だぞ！」

「フォークで追撃しないでくれ。もう肉は俺の皿の上にある」

テーブルの上に置かれた肉の山を奪い合うようにして、大勢の獣人が一心不乱に朝ごはんを食べている。

まるで、食事という名の戦場のようだ。貴族という言葉が似合わないほど、醜い争いをしていた。

あれ？　ここは公爵家の屋敷だよね？　街の酒場じゃ……ないよね？

「しまった。もう始まってる」

「えっ？　あの肉の奪い合いのこと、ですか？」

「うん。毎朝、大量の肉がテーブルに置かれて、好きなだけ食べることができる。でも、おかわりはない」

「ああー……だから、みんなで必死に奪い合っているんですね」

あえて、この光景を一言で表すのであれば、弱肉強食である。

「じゃあ、奥方は向こうに行くといい。私はこっち」

「えっ？　ちょっと、マノンさん？」

タタタッと駆けていったマノンさんは、肉の山を奪い合うテーブルの席につき、急いで食事を始めた。

「……」

黙々と手を伸ばし、ガツガツと肉を食べるマノンさんは、意外に大食いなのかもしれない。

昨日『一緒に食事を楽しまないと、家族になった気がしない』と言われたが、アレに交ざるのはさすがに難しいだろう。

肉を取ろうとして吹き飛ばされるのが、関の山だ。

一方、マノンさんが指で差してくれた方向には、貴族の食卓らしく、静かに食べている獣人たちがいる。

華奢《きゃしゃ》な体つきをしている私は、そっちの方が合っているとは思うんだけど、知っている人が誰《だれ》もいない。顔合わせもしていないだけに、いきなり交ぜてもらってもいいのか、戸惑ってしまう。

不安になった私は、どうするべきなのかわからず、周囲をキョロキョロと見渡した。すると、すぐにそのことを察してくれたリクさんが近づいてくる。

「レーネはこっちだ」

「あっ、はい」

リクさんについていくと、マノンさんが指で差していた静かなテーブルに案内してくれたので、席に座った。

向かいには、白いローブに身を包み、甲羅を背負った亀のお爺《じい》さん獣人がいる。周りには、侍女の制服に身を包むヤギや羊の獣人が、お淑《しと》やかに食事をしていた。

その手に持っているものは、片手では収まりきらないほど大きい肉まんだ。

どうやらガツガツ食べる肉食系タイプと、ゆったりと過ごす草食系タイプで分かれて食事をしているらしい。

亀のお爺さんが、モグ……モグ……とゆっくり咀嚼《そしゃく》し、ヤギや羊の獣人さんが小さな口を開け、は～むっと可愛らしく頬張《ほおば》っている。

なお、その奥では「俺が先にフォークで刺した肉だぞ！」「いーや、俺だ！」と、言い争うトラの獣人がいるので、その温度差に驚いてしまう。

賑やかな食事のような、静かな食事のような……と考えていると、リクさんが私の分の肉まんを持ってきてくれた。

「足りなかったら言ってくれ」

「いえ、十分です」

八年間も貧相な食事をしてきた私にとっては、とんでもないほどのご馳走《ちそう》である。

出来たての料理をいただけるだけでも、最高の贅沢《ぜいたく》だと思った。

早速、肉まんを両手で持ち、勢いよく頬張る。すると、餡《あん》の香り豊かな蒸気に襲われ、幸せな気持ちで埋め尽くされた。

ふんわりとした生地に、優しい味付けがされた餡。ゴロッとした肉はもちろん、タケノコの歯応えがたまらない。

「むふふふっ」

「相変わらず、レーネはうまそうに食べるものだな」

「リクさんの料理はおいしいですからね。骨身に染みますよ」

「さすがに大袈裟《おおげさ》だろう」

少し照れたリクさんが目を逸《そ》らすと同時に、向かいに座っていた亀のお爺さんと目が合った。

「おやおや。この新しい娘さんが旦那さまの奥さまかな？」

「あっ、はい。レーネ・アーネストと申します」

「ほお。どこかで見たような顔だと思ったら、アーネスト家の娘さんかい。いや〜、どうりであったことがあるような……ないような？」

そこは疑問を浮かべられても困りますよ。私の記憶にはないので、初対面だと思いますが。

どうにも亀のお爺さんは時間の流れが遅すぎるみたいで、じっくりと考え込んでしまう。

そのまま中途半端《ちゅうとはんぱ》に会話が終わったので、思わずリクさんに助けを求めると、呆《あき》れるようにため息を吐いていた。

「亀爺の話は半分聞き流した方がいいぞ。今年で二千歳の超高齢者らしく、記憶が曖昧だ」

「二千歳……？　この国の歴史がもうすぐ千八百年を迎えますから、それよりも長生きしていらっしゃるということですか？」

「どうだかな。本人は建国に携わったと言っているが、確認のしようがない。昔は聡明《そうめい》な人物だったらしいが、今となってはな……」

考えることをやめた亀爺さまは、大きな口を開けて、最後の一口を食べきる。

ゆっくりと手を伸ばしてナプキンを取ると、口の周りを拭き……拭き……と、丁寧に拭いた。

「して、今日の朝ごはんはまだですかのう？」

「な？　言っただろう？　適当に相手をしてやってくれ」

そう言って、リクさんが去っていく。

まさか食事が終わった後に朝ごはんを催促するとは思わなかった。

どうやら年を重ねすぎて、物忘れが激しくなったらしい。

「奥さまや。いま手に持っている肉まんは、もしやワシのではないだろうか」

「いえ、私のです。亀爺さまは、先ほど食べていらっしゃいましたよ」

「何をおっしゃっておりますのやら。そうやって年寄り扱いをするのは、やめてくだされ」

「でも、口元にまだソースが付いていますが」

「しもた！　拭き残し……ハッ！」

リクさんが『適当に相手をしてやってくれ』と言った理由がわかった気がした。

物忘れを逆手に取った、新手のおかわりの方法なのである。

もしかしたら、本当は肉の奪い合いに参加したいけど、体が衰えてできないのかもしれない。

あそこに亀爺さまが交ざったら、私と同じくらい簡単に吹き飛ばされてしまいそうだ。

気まずくなった亀爺さまが席を立つと、それと同時に隣に座っていたメイドさんに服を軽く引っ張られる。

肉を奪い合う獣人たちや亀爺さまとは違い、とっても緩そうな雰囲気だった。

「奥さま、服がぶかぶか～」

「もっと食べないと～」

「私のお腹《なか》の肉あげる～」

この屋敷の中だと、マノンさんはしっかり者に分類されるのかもしれない。他の侍女獣人たちは、とてもマイペースとしか言いようがなかった。

肉まんが取られないんだったらいいや、と思って食べ続けるあたり、私もマイペースなのかもしれないが。

＊＊＊

侍女獣人たちと一緒に朝ごはんを食べた後、私は薬草の様子を確認するため、裏庭に足を運んだ。

晴れ渡る空の下でのびのびと過ごす薬草が視界に入ってくると共に、亀爺さまが佇《たたず》んでいる姿も写し出される。

特に何をするわけでもなく、遠い目をした亀爺さまは、ボーッと薬草菜園を眺めていた。

「どうかされましたか？」

「何とも懐かしい光景じゃと思いましてのう」

亀爺さまが本当に二千年も生きていれば、薬草菜園を見る機会は何度もあっただろう。私の顔を見て、アーネスト家を懐かしんでいるみたいだったから、ご先祖さまとも知り合いなのかもしれない。

「おばあちゃんが栽培していたものと比べると、まだまだ未熟な薬草ですよ。私の代で随分と弱らせてしまったので」

「いやいや、魔力に満ちた良い薬草じゃよ。綺麗に朝日を反射しておるじゃろう」

「それは昔の話です。本当は葉ももっと青々としていて、薬草も元気に……って、あれ？　確かにそう見えますね」

亀爺さまに言われて、薬草をよーく観察してみると、ようやく私はその異変に気づいた。

周囲の見慣れない風景や、葉に付いた水滴で見間違えているわけではない。一週間前まで実家で育てていた時よりも、薬草が活力に満ちているのだ。

普通は環境の変化や長距離移動のストレスで負担がかかり、弱りやすい。

しかし、この子たちはアーネスト領の土地よりもベールヌイ領の土地の方が合っていたみたいで、すぐに適応してくれていた。

昨日の移植作業でも、私の魔力はこの地に馴染《なじ》んでいたから、そういうことが起こっても不思議ではない。最適な空間に植えられたことで、活性化されて元気を取り戻したんだろう。

予期せぬ誤算とは、まさにこのこと。ベールヌイ家に嫁いでこられたことに、感謝の気持ちでいっぱいだった。

でも、どうして亀爺さまが薬草に詳しいんだろう。栽培者である私でも気づかなかったのに。

突然の出来事にキョトンッとした表情で亀爺さまの方を見ていると、ニコッと優しい笑みを返してくれた。

「今でもアーネスト家は『ヒールライト』を育てておったんじゃのう」

「薬草の品種までご存知なんですか？」

「もちろんじゃとも。良い薬草はすぐにわかるもんじゃ」

亀爺さまはすんなりと答えてくれるが、生えている薬草を見ただけで品種まで見抜くなんて、植物学士でも難しい。特にアーネスト家で育てていた薬草『ヒールライト』は、同じような品種がいくつもあって、判別しにくいものだった。

ヒール、ヒールブルー、ヒールグリーンなど……。様々な品種がある中でも、栽培が困難なヒールライトだけは絶滅危惧種に指定されていて、一般の方が見る機会は少ない。

国内で唯一栽培している家系が、私の実家であるアーネスト家であり、他国でも珍しいほどだった。

しかし、薬草に精通している職に就いているのであれば、話は違う。植物学士と同じくらい薬草に詳しい職で、白いローブを着用しているとしたら、一つしか思い当たる節はない。

「もしかして、亀爺さまは薬師ですか？」

「おや、旦那さまに聞いておりませんでしたかな？　昔はよくヒールライトを煎じて、魔力の調整に手を焼いたもんじゃよ」

どこか懐かしむように頷《うなず》く亀爺さまは、二千年にもわたって薬を作り続ける偉大な薬師だと判明した。

ヒールライトは、薬師の腕が試されると言われるほどの薬草であり、別名『万能薬』とも言われている。

近年栽培していた私の薬草は、そこまで扱いが難しくなるほど質の良い豊富な魔力は含まれていない……はずだったのが。

目の前に生えている薬草は、かなり質の良い魔力を含んでいた。

「ヒールライトの葉に含まれる魔力が豊富すぎると、扱いが難しくなりますよね。少し分量を間違えるだけでも、品質に影響してしまいます」

「奥さまの方こそよくご存知じゃのう。栽培したとしても、煎じることは珍しいでしょうに」

「植物学士の資格を取る時に、ついでに薬師の資格も取りましたから。実践経験はあまりないので、形だけのようなものですけど」

体調が悪化していたおばあちゃんの力になれたらと、私は植物学士と薬師の資格を取得している。

しかし、現実は厳しいもので、腕を振るう機会はほとんど得られなかった。

八年前、私が国家試験に合格すると、緊張の糸が切れてしまったのか、おばあちゃんは安堵《あんど》するように息を引き取っている。

それでも、最後におばあちゃんを喜ばせることができたので、後悔はしていなかった。

薬草の知識がより深まったからよかったなーと思っていると、亀爺さまが感心するように何度も頷いてくれている。

「二つも国家資格を保有しておるとは。それは旦那さまも素敵な奥さまをいただいたものですな」

「とんでもありません。植物のことしかわからないので、薬草の世話をするだけで精一杯です」

褒めてもらえるのはありがたいが、あくまで植物学士としての評価が高いだけにすぎない。

公爵夫人としての素養が身に付いていない私は、素直に言葉を受けられずに、苦笑いを浮かべることしかできなかった。

貴族の顔も名前も知らないし、ダンスやマナーもわからない。どこに連れて行っても恥ずかしい存在なので、素敵な奥さまと言われるのは心苦しかった。

そんな私の心が見透かされているのか、亀爺さまはゆっくりと首を横に振る。

「薬草を栽培するのも、薬を作るのも、街を守るのも、皆それぞれに与えられた役割じゃ。楽もあれば苦もあるだろうが、己《おのれ》を卑下する必要はない。胸を張っていなさい」

「……はい」

おばあちゃんに育てられた私は、年配の方に逆らえない節がある。ゆったりとした口調で話す亀爺さまに言われると、素直に言葉を受け入れていた。

これから胸を張って人生を送れるかはわからない。でも、この地で暮らしていくのであれば、もっと前向きに頑張りたいと思う。

「ところで、奥さまや。アーネスト家では、まだヒールライトを育てておったんじゃのう」

「ん？　先ほども同じことを……ハッ！」

亀爺さまの物忘れが激しいのは本当だと悟った私は、口を塞《ふさ》いで言いかけた言葉を飲み込む。せっかく慰めてもらったのに、締まらないなーと思ってしまうが、亀爺さまはこういう方なんだろう。

話し相手になるのは、なんだか悪くない気がした。

「ふふっ。そうですね、まだヒールライトを育てています」

「それはありがたいのう。近年は薬草が高騰しており、困っておったんじゃ」

「薬草の栽培は難しいですからね」

「うむ。まさか月見草や魔法のハーブまで不作になるとはのう」

亀爺さまの言葉を聞いて、思わず私は首を傾げてしまう。

月見草や魔法のハーブは、新米の植物学士でも育てられるほど栽培しやすい、と言われている。品質の良し悪《あ》しはあるものの、高騰するほど値上がりするなんて話は一度も聞いたことがなかった。

市場がどういう状況になっているのかわからない。でも、無事にヒールライトが育ったら、少しでも旦那さまの力になれるように、いろいろなことに挑戦してみるのもいいかもしれない。

他の薬草を植えたり、野菜を栽培したり、薬師の仕事をお手伝いしたりすれば、きっとベールヌイ家に貢献できるはず。公爵夫人としての実績が残せないなら、植物学士として頑張っていこう。

亀爺さまの言う通り、胸を張って生きていきたいから。

決意を新たにして、薬草菜園を眺めていると、マノンさんがやってくる。

「奥方、買い物に行こう」

「何を買われるんですか？」

「奥方の服とか靴とか日用品とか……。うん、いっぱい」

「えっ！　服や靴は、すでに屋敷で用意していただいたものを着用していますが」

「サイズが合ってない」

「それはそうなんですけど……」

早く買い物に行こう、と言わんばかりにジーッと上目遣《うわめづか》いで見つめてくるマノンさんに対して、私は僅かに後退《あとずさ》りをした。

他の侍女たちにも服がブカブカだと指摘されていたため、今の姿がみっともないのは、間違いない。でも、新しく買ってもらうのには抵抗がある。

本当は実家で用意して来なくてはならないものだから、金銭面で負担をかけたくないんだけど。

「奥さまや。金を使うことも、公爵夫人の仕事じゃぞ」

「貴族が金を使わないと、領民もウハウハできない」

「は、はい……」

可愛らしいマノンさんと年配の亀爺さまに言われると、断れそうになかった。

「奥方、早く行こう」

「ちょ、ちょっと待ってください。わかりましたから、手を引っ張らなくても大丈夫です」

「気をつけて行ってくるんじゃぞ」

「はいっ、行ってきます」

亀爺さまに見送られて、私はマノンさんと裏庭を後にする。

またもてなされてしまう……と、嬉《うれ》しいような申し訳ないような複雑な気持ちを抱きながら。

＊＊＊

マノンさんと一緒に街へ繰り出すと、いろいろな店が目に飛び込んできたため、私は圧倒されながら歩いていた。

「昨日も思いましたが、この街はとても大きいですね。一人で歩いていたら、迷子になってしまいそうです」

「奥方。心配しなくても、一人で出歩くことはない」

「迷子になることは否定しないんですね。あっ、あそこに薬草を取り扱う店がありますよ！」

問屋さんを発見した私は、思わず駆け出そうとして、足を大きく前に踏み出した。

しかし、マノンさんに手で止められてしまう。

「まずは服屋さんに行こう。服装を整えてから街を歩いた方がいい」

「そ、そうですね。ついつい馴染み深いものに反応してしまいました。あははは……」

早くも迷子になりかけたことを実感した私は、苦笑いで誤魔化した。

生まれて初めて大きな街で買い物することもあって、どうやら自然と胸が高鳴っていたらしい。

興奮している自覚がなく、本能のまま行動してしまっていた。

ベールヌイ家に嫁いできた公爵夫人なんだから、もっと落ち着いて行動しないと。専属侍女のマノンさんの方がしっかりしているなんて、恥をかくだけだ。

しばらく大人しくしようと心に決めて、マノンさんと一緒に歩き進めていくと、一軒の大きな服屋さんに案内された。

清潔な印象を抱く店内には、煌《きら》びやかなものから可愛らしいものまで、様々な服が取《と》り揃《そろ》えられている。パッと見ただけでも雰囲気が違い、背筋を伸ばして接客する店員さんもいるので、すぐに高級な品を取り扱う店だと察した。

「奥方、まずはこの店で服を買う」

「ちょ、ちょっと待ってください。この店、値札がついていないんですが」

「ん？　高価な服は値札がつかないよ？」

何気なく連れてこられた店で、値段がわからないほど怖いことはない。いくら公爵夫人になったとしても、贅沢するには限度というものがある。

「もう少し手頃な値段のお店ではダメなんですか？」

「ダメ。魔物の素材を使ったものでないと、何かあった時に危ない」

「街の治安は悪そうには見えませんでしたし、私は薬草の世話があります。今のところ外出する予定はありませんので、危険な状況には陥《おちい》らないと思いますよ」

何とか説得を試みようとするものの、マノンさんの意思は固い。次々に商品を手に取り、何度も私に服をあてがって、買うものを悩んでくれていた。

その様子があまりにも真剣で、違和感を抱いてしまう。

専属侍女になってくれたなら、主《あるじ》の命を最優先に考えることには納得がいく。でも、まだ隣の街や王都に公務で出かけると決まったわけではない。サイズが合っていれば、間に合わせの服でも問題ないはずだ。

なんだか屋敷で過ごすだけにしては大袈裟だなーと思っていると、その気持ちが伝わったのか、マノンさんが重い口を開く。

「奥方は知らないのかもしれないが、この地は魔物の災害が多い。街の警備が整っていたとしても、空から魔物が侵入してくるケースもあるから、絶対に安全とは言えないよ」

マノンさんの言葉を聞いて、どうりで良くしてくれるわけだと、ようやく腑《ふ》に落ちた。

婚約の条件に薬草の株分けが含まれていたことも、植物学士である私を婚約者に選んでくれたことも、丁重にもてなしてくれることも。

一人でも多くの怪我《けが》人を治癒させようと考えた結果、領内で薬草を栽培しようと考えたんだろう。

化け物公爵なんて言われているけど、やっぱり旦那さまは誠実な人みたいだ。支度《したく》金に大金を用意してくれたのも、危険な地に嫁がせるとわかっていたため、誠意を見せてくれたに違いない。

そういう事情があるなら、いろいろと甘えさせてもらおうかな。

幸いなことに、あれだけ元気に薬草が育つなら、すぐに株分けができるようになる。立派な薬草を栽培して恩を返した方が、お互いにメリットが大きいだろう。

まあ、まだまだ気軽に薬草を使えるような状態ではないので、油断は禁物だが。

「思っている以上に危険な地域なんですね。こうしてマノンさんと二人で買い物に出かけるのは、大丈夫なんですか？」

「問題ない、私がライオンゆえに。がおーっ」

「ふふっ、とても心強いです」

「任せておくといい。魔物なんて、必殺のライオンパンチでやっつける」

「じゃあ、マノンさんが怪我をしてもいいように、薬草をたくさん栽培しないといけませんね」

「うん、みんな奥方に期待してる。もっといっぱい薬草が出回れば、悲しい思いをしなくても済む」

悲しい思いをしなくても済む、か。もしかして、マノンさんも大切な人を亡くした経験があるのかな。まだ小さいのにしっかり教育されているし、公爵家に住む人を『家族』と認識しているから。

うーん……、これはあまり踏み込まない方がいい話かもしれない。そう思っていると、マノンさんが何かを思い出すようにハッとした。

「しまった。奥方にプレッシャーを与えるな、と言われていた。今のは聞き流してほしい」

「旦那さまがそうおっしゃったんですか？」

「うん。バレたら怒られる」

「……では、内緒にしておきます」

やっぱり旦那さまはとても気遣ってくれているみたいだ。姿を現してくれないことが気になるけど、化け物公爵と言われているくらいだし、何か深い事情があるに違いない。

ここは少し遠回しに聞いて、旦那さまのことを探ってみよう。

「ちなみに、今日の旦那さまのご予定はなんですか？」

「狩りに行くって言ってた。最近は近隣の森で魔物をよく見かけるようになったから」

なるほど、街を守るために魔物を討伐しているのか。魔物は人の都合に合わせて動いてくれないから、遠方まで行ったり、朝が早かったりして会えないんだろう。

「嫁いでくるタイミングが悪かったのかもしれませんね。きっと旦那さまの頭の中は、魔物のことでいっぱいなんでしょう」

「ううん、昨日はずっと奥方のことを心配してたよ。薬草を植えてる時も何度か様子を見てた」

「えっ？　そうだったんですか？　全然気づきませんでした……」

「作業の邪魔をしたくなかったみたい。屋敷からコッソリ見てたから、奥方のことが気になってるんだと思う」

「わ、私のことを……？　薬草のことではなくて、ですか？」

「うん。薬草の心配はしてなかったから」

特に気遣う様子もなく、アッサリと返答してくれたマノンさんは、嘘《うそ》をついているように見えなかった。

普通だったら、みすぼらしい貴族令嬢が嫁いできたと頭を抱えるところなのに、どうして旦那さまは心配してくれたんだろう。独特の文化がある地域とはいえ、こんな私をちゃんと貴族令嬢と扱ってくれるなんて……ん？　貴族令嬢？

もしかして私、女性として見られてる？

今までの手厚いおもてなしを思い返した私は、旦那さまの好意を受け取っている気がして、急激に体の火照りを実感した。

いやいやいやいや、そんなはずはない！　お世辞でも貴族令嬢らしいとは言えない私のことを、旦那さまが女性として見てくださるなんて、妄想にも程がある！

嫁いできてから良い思いをしすぎて、頭の中がお花畑になっているだけだ。この気持ちは、胸の奥にそっとしまっておこう。

鎮まる気配のない胸のときめきに戸惑っていると、う〜ん……とマノンさんのうめき声が聞こえて、ハッとする。

どうやら購入する服を二つまで絞ったみたいで、一着ずつ両手に持って悩んでいた。

片方はショートパンツスタイルで、ボーイッシュな雰囲気のもの。もう片方はフリルとリボンがあしらわれたワンピースで、貴族令嬢らしい服装だ。

「奥方は畑仕事をするから、動きやすい方がいい。でも、まだ年頃の女の子でもある」

薬草栽培を続けていくのであれば、動きやすさを重視した方がいい。普通に生活をするだけなら、絶対に前者を選ぶべきだとわかっている。

でも旦那さまが、植物学士としてではなく、一人の女性として見てくれるのであれば、貴族令嬢らしい服装で過ごしたい。

今はまだショートパンツでも華奢に見えるかもしれないが、毎日三食も食べていたら、あっという間に太るだろう。

そのタイミングで旦那さまに呼び出されたら、太ももがはち切れんばかりのパッツンパッツンで会う羽目になってしまう。

一方、ワンピースは体型を隠しやすく、太ってもバレにくい。帰宅したばかりの旦那さまにバッタリと遭遇しても大丈夫だし、買い替えなくても済む。

それを考えると、絶対にワンピースを選ぶべきだ。

こういう女の子らしい服を着た方が旦那さまも喜んでくれそうな気がするし、私も一度くらいは着てみたい。

問題は、悩んでくれているマノンさんに気持ちが伝わるかどうかだけど……。

お願い！　伝わって、この気持ち！

そんなことを願っていると、本当に思いが通じたのか、マノンさんがゆっくりとワンピースを差し出してくれた。

「奥方、これにする？」

「えっ!!　あっ、はい！　マノンさんがそう言うなら、それでいきましょう!!」

「うん。奥方、ずっと見てたから」

ぐうの音も出ないとは、まさにこのこと。食い気味で返事をしただけに、余計に肯定しているような気がした。

気持ちの伝わり方って大事だな、と思った瞬間である。

「私は会計してくるから、奥方は試着室で着替えていてほしい」

「わかりました」

すぐに気持ちを切り替えた私は、マノンさんの指示に従い、ルンルン気分で試着室に向かう。

まるで新しい服を買ってもらった子供のようだと、自分のことながら笑ってしまうのであった。

＊＊＊

新しい服に身を包んだ私は、再びマノンさんと一緒に街を歩いて、買い物を続けた。

花の刺繍《ししゅう》が入ったハンカチだったり、可愛いリボンがついた靴だったり、白いおしゃれな帽子だったり。

マノンさんの両手が私の荷物でふさがるほど購入してもらったので、唖然《あぜん》としている。

これが旦那さまの意思なのか、マノンさんの意思なのかは、わからない。ただ、一回の買い物で買う量ではないだろう。

もちろん、私も女の子である以上、好きなものをいっぱい買ってもらえて嬉しい気持ちが大きい。

田舎育ちの貴族令嬢が都会に染まる気持ちがわかるくらいには、夢見心地な時間だった。

街中をおしゃれな服装で歩くだけでも、十分に心が満たされる。このまま明るい未来がやってきて、私の世界が変わっていくような気持ちになっていた。

「奥方、次は宝石屋さんで指輪を——」

「いえ、大丈夫です！　それはやめましょう！」

ただし、変わりすぎは厳禁。徐々にステップアップしていかないと、受け入れられない自分がいるのも、また事実である。

「奥方は指輪が嫌いか？」

「そういう意味ではありません。薬草栽培で汚れたり、薬草を傷つけたりするので、身につけないようにしているんです」

「薬草の世話をする時だけ外せば――」

「うっかりと身につけたまま栽培してしまうと、大変なことになりますからね。薬草栽培に集中するためにも、今回は買わない方向でいきましょう」

必死の形相で説得すると、マノンさんがしぶしぶ納得してくれた。

専属侍女としては、もっと公爵夫人らしく見えるようにしたい、と思ってくれているのかもしれない。公爵家ほど身分が高かったら、華やかな女性に見えた方がいいだろう。

私だって、煌びやかなアクセサリーや宝石のついた指輪をつけたい気持ちはある。でも、せっかく身につけるのであれば、特別なものにしたい。

宝石好きの義母やカサンドラのように、いくつもの宝石を買い揃えたいとは思わなかった。

だから、もしも許されるのであれば、旦那さまの瞳《ひとみ》の色と同じ宝石が欲しい。仮に旦那さまが私のために選んでくださるのであれば、それを身につけたいとも思う。

いつも旦那さまが傍《そば》にいてくれる、そんな気持ちが満たされるような指輪が欲しいから。

……どうしよう、また頭がお花畑になっている気がする。素敵な人たちに囲まれて過ごしている影響か、まだ見ぬ旦那さまのイメージがどんどん美化されていっているような……いや、気のせいだ。絶対に気のせい。決して、そんなことはない。

きっと少し期待しているだけなんだと思う。本当に旦那さまは、私を女性として扱ってくれるんじゃないか、と。

また頰《ほお》が火照ってくると同時に、マノンさんが鼻をピクピクと動かして、キョロキョロと周囲を警戒し始める。

「くんくん、くんくん……。ハッ！　昼ごはんの時間だ！　奥方、急ごう」

「きゅ、急にどうされましたか？」

「もう少し行ったところに串焼き屋さんがある。今から行けば、焼きたてが食べられるはず！」

宝石よりも焼きたての串焼きの方が合っている私は、マノンさんと一緒に前のめりで走り出す。

そして、すぐにこぢんまりとした屋台が見えてくると、焼かれている串焼きをついつい目で追いかけてしまった。

串が二本も刺さっているほど大きな鶏肉で、こんがりと焼き目がついている。炭で焼いている影響か、周囲に芳《こう》ばしい香りが漂っていた。

その屋台に一番手で駆けつけた私たちは、とても貴族らしくない。どちらかと言えば、肉を狙うハイエナである。

「オヤジ、今日は串焼きを二本頼む」

「あいよ」

　どうやらマノンさんの行きつけだったらしい。

　新顔の私に少し戸惑いを見せた店主さんだったが、マノンさんがお金を払うと、焼きたての串焼きを手渡してくれた。

「熱いから気をつけて食べた方がいい」

「わかりました。火傷《やけど》しないように気をつけます」

　マノンさんに忠告されたので、フーフーと息をかけて冷ました後、恐る恐る肉にかぶりつく。

　その瞬間、ブワッと視界が蒸気で埋め尽くされると共に、ポタポタと肉汁が滴り落ちた。

「ふおっ！　肉の奥までしっかりと熱が通っていて、熱々ですね」

　炭で焼かれた影響か、鶏肉がしっとりとしていて、優しい舌触りをしている。肉の味わい深さを引き出してくれる塩味も程よく、ギュッと閉じ込められた旨味が解放され、とてもジューシーな味わいだった。

　こんなにもおいしい串焼きが街中で食べられるなんて……と感動していると、マノンさんに不思議そうな顔で見つめられる。

「躊躇《ちゅうちょ》せずにかぶりつくなんて、奥方は意外に勇気がある。火傷してない？」

「いえ、大丈夫です。焼きたてでおいしいですよ」

「それならよかった。奥方の口に合って何よりだ」

　嬉しそうな表情を浮かべたマノンさんは、買い物した荷物を器用に抱えながら、串焼きに大きな口でかぶりつく。

熱さに耐えられず、ハフハフして食べる姿が可愛らしい。荷物に肉汁が垂れないようにと、気遣って食べてくれていた。

「私の荷物ですし、自分で持ちましょうか？」

「ううん、侍女の仕事。汚さないから大丈夫」

買い食いしていることを除けば、マノンさんはとても侍女らしい。そして、このプライドの高さは、本当にライオンなのかもしれない。

意外に頑固でプロフェッショナルである。

「奥方と食べる串焼きはおいしい。やはり、肉は豪快にかぶりついてこそ正義」

「私もマノンさんと串焼きを食べられて嬉しいですよ。おいしいですね」

「うん。今日はとてもいい日だ」

大きな串焼きを頬張るなんて、貴族令嬢らしくない食べっぷりかもしれない。でも、身分や地位をあまり気にしないこの地では、こうして食べた方が親近感が生まれて、好印象を与えているみたいだった。

食欲に勝てなかっただけなんだけど……まあ、良く思われているなら、気にしなくてもいっか。

＊＊＊

串焼きを食べ終えた後、このまま屋敷に帰るのかなーと思いながら歩いていたら、マノンさんが一軒のオシャレなカフェの前で立ち止まった。

「奥方、今日は特別に幸せというものを教えてやろう」

「もう十分に教えていただいている気がしますが」

「貴族なら知っておくべきこと。よし、入ろう」

マノンさんが立ち寄りたいようなので、私も一緒に店内に入っていく。

「いらっしゃいませ」

「あそこがいい」

「かしこまりました。では、そちらの日当たりの良い席にどうぞ」

とんとん拍子に話が進み、二人で席に着くと、マノンさんが注文までパパッとしてくれる。

慣れているように見えるので、この店もマノンさんの行きつけなんだろう。

今のところは、彼女の幸せともいえる肉料理が出てくる気配はない。店内を見渡しても、軽食や紅茶でゆっくりとしている方が多かった。

何を頼んだのか気になる……とソワソワしながら待っていると、すぐに店員さんが大きなおぼんを持ってやってくる。

そこに置かれていたものを見た私は、思わず前のめりになってしまった。

「お待たせしました。こちらがスペシャルパンケーキになりますね」

イチゴと生クリームがたっぷりと使われた、ふわふわのパンケーキ。これには、さすがに私もテンションが急上昇する。

「王都以外でも食べられたんですね。パンケーキという代物が……！」

貴族にとってお菓子とは、格別な幸せを感じる特別なものである。その中でも最上級の幸せと言われ、王都で爆発《ばくはつ》的な人気と噂《うわさ》されているのが、このパンケーキだった。

なお、これはいつも王都から帰ってくる度に新作スイーツを自慢してきた妹《カサンドラ》の情報である。とてもおいしそうに話してくる彼女が羨《うら》ましくて、一度でいいから食べてみたいと思っていたものだ。

「うちの街では、去年に店ができたばかり。仕事中に食べるパンケーキは別格の味がするから、たまにサボりに来る」

そこはライオンのプライドがないんですね、と思っていても、無駄に突っ込むような真似《まね》はしない。だって、もう我慢できないから。

早速、パンケーキを一口大にカットして、生クリームをチョンチョンッと付けた後、大きな口を開けて放り込んだ。

甘いパン生地がふんわりと柔らかく、しっとりした濃厚なクリームと混ざり合い、儚《はかな》く喉《のど》の奥へと消えていく。それらを追いかけるようにイチゴを口に入れると、サッパリとした酸味で癒やされた。

「これは確かに幸せの味ですね……！」

「うむ。仕事中にこっそりと食べるあたり、罪深い味わいがより引き立ち――」

「何してるんだ？」

「ヒョーーー‼」

マノンさんが毛を逆立てるほど驚くのも、無理はない。仕事をサボってパンケーキを食べているところを、リクさんに見つかってしまったのだ。

「どうしてリクさんがこちらにいらっしゃるんですか？」

「夜ごはんのデザートを買いに来たら、見慣れた奴《やつ》が食べていてな。何をしているのかと思い、声をかけたところだ」

リクさんがベシベシとマノンさんの頭を軽く叩《たた》いているが、彼女はもう気にしている様子を見せない。

バレたものは仕方ない、と言わんばかりに諦《あきら》め、普通にパンケーキを楽しんでいる。

とても幸せそうなデレデレの笑顔を見せながら。

「勝手に食べてしまって、すみません」

「いや、構わない。金を使うのも、貴族の仕事の一つだ」

たぶん、マノンさんだけで食べていたらサボりと解釈され、私と一緒に食べるのは公務の一環と見なされるんだろう。

実家みたいな田舎貴族とは違って、ややこしい。豪遊することが仕事と思われるのは、何とも言えない気持ちになってしまう。

ただ、複雑な心境を抱いているのは私だけで、リクさんは平然とした表情を浮かべていた。

「どちらかと言えば、レーネが普通に過ごしているようで安心した。買い物も無事に済んだみたい

だな」

「心臓には悪かったですけどね。嫁いだばかりでこんなにも買っていただくなんて、本当に申し訳ないなって……」

「気にするな。うちの食費と比べたら、レーネの買い物なんて可愛いもんだぞ」

「ふふっ、確かにそうかもしれません」

朝の食事風景を思い出す限り、リクさんが頭を抱えるほど仕入れにコストがかかっていると、すぐに推測できる。

まあ……、それでも私の服の方が高いと思うけど。

そんなことを考えていると、ふと気になることを思い出したので、リクさんをチョイチョイと手招きした。

「あの、ちなみになんですけど。ちょっとだけ耳を借りてもいいですか？」

「ん？　どうした？」

顔を近づけてくれたリクさんの耳に向けて、小声で確認する。

「旦那さまはどんな服装がお好みですか？」

「なっ⁉」

拒絶反応をするかのように、リクさんが顔を真っ赤《まか》にして驚いてしまった。

「な、何を言っているんだ！」

「シーですよ！　シー！　声が大きいです」

店内で大きな声を出したら、小声にした意味がないじゃないですか、まったくもう。

「そういうことを聞くには、マノンさんは疎そうなんですよ。他の侍女の方に言ったら、屋敷全体に広がりそうなくらい緩そうだったので、リクさんに聞くしかないと思いまして」

買い物をした後に聞くのもなんだが、少しでもよく思ってもらうためには、旦那さまの好みを早めに知っておくべきである。

今後の買い物にも役立つし、婚約するなら必須の情報だと思うのだが……。

なぜかリクさんの顔が赤くなる一方だった。

「――ッ!!　とにかく飯を食え。話はそれからだ」

なるほど。どうやら旦那さまは、ナイスバディの女性が好みらしい。私みたいに貧相な体だと、恋愛対象外になりかねないんだろう。

そのことを考えると、リクさんが言いにくそうに顔を赤くしたことにも、納得がいく。

知らなかったとはいえ、カフェでそんなことを言わせようとしていたなんて。リクさんには申し訳ないことをしてしまった。

「わかりました。ありがたくごはんを頂戴したいと思います」

「そうしてくれ。遠慮せずに過ごしてくれた方が助かるのは事実だ」

二人の内緒話を終えると、マノンさんがリクさんの袖《そで》を引っ張った。

「夜ごはんのデザートはショートケーキがいい」

「お前は遠慮という言葉を覚えろ」

「ライオンは誰の指図も受けない。がおーっ」

「わかったわかった。怖いからショートケーキを買っておく」

「ふっ、やはりリクといえども、ライオンの威厳には逆らえないらしい」

意外にマノンさんは世渡り上手なんだなーと思った。

＊＊＊

買い物から帰宅して、日が傾き始める頃。薬草菜園の前で座り込んだ私は、目の前に広がる光景を眺めていた。

「亀爺さまが言った通り、本当に立派な薬草に育ってきたなー……」

薬草の葉が夕日を反射するのは、魔力がしっかりと行き渡り、良い状態であることを表している。

それだけなら嬉しいの一言で終わるのだが……。

今まで見た中で一番良い状態だということに、私は大きな疑問を抱いていた。

キラキラと輝くように反射するだけでなく、葉から僅かに光の粒子がこぼれ落ちるほど、魔力が満ちている。その幻想的な光景は、おばあちゃんと一緒に栽培している時でさえ、一度も見たことがなかった。

昨日の今日でいったい薬草に何が起こったんだろう。新しい土地に移植したばかりだと、普通は弱りやすいはずなのに。

この分だと、近いうちに株分けできるようになるため、ありがたいことではあるんだけど。

そんなことを考えていると、夕日で細長くなった一つの影が近づいてくる。

「夜ごはん前にウロウロするな」

ごはんの時間を知らせに来てくれたであろうリクさんに、コツンッと頭を軽く叩かれてしまう。

「すみません。どうしても薬草の様子が気になったので、ボーッと眺めていました」

「屋敷内に身内しかいないとはいえ、一人で外に出るのは無用心だ。うちはいろいろと緩いが、気を緩めすぎるなよ」

「言いたいことはわかる気がします。ここは不思議なところですね」

本来、公爵家に嫁いできたとなれば、それ相応に教育の行き届いた侍女たちが出迎えてくれる。

でも、ここにはそういうキッチリとした人がいない。

砕けた口調で話すものの、決して敬意がないとは感じないし、優しく接してくれている。事務的に対応されたり、みすぼらしい私を蔑んだりしないから、とても居心地がよかった。

「貴族教育を受けている時間が長いと、こういう生活を好まない者が多いが、レーネは大丈夫か？」

「はい。まだ二日目ですが、ここは心の温かい人が多くて、素敵な家系だと思います。逆にこのまま迎え入れてもらってもいいのか、ちょっぴり不安になるくらいですね」

おばあちゃんが生きていた頃のような幸せな生活が送れて、まだ現実だと受け入れられない自分がいる。

旦那さまにまだお会いしていない影響もあるのかもしれないが、たぶんそうじゃない。

この幸せな生活を失いたくないから、完全に馴染みたくないというか、手に入れたくないというか……。私には恐れ多い気がして、打ち解けきれないでいた。

本当に良いところに嫁いでこられたなーと思いながら薬草を眺めていると、リクさんが隣に腰を下ろす。

その表情はあまりにも真剣で、心配するような温かい眼差《まなざ》しを向けられた。

「あまり落ち込むなよ。慣れない生活で苦労するかもしれないが、後悔させないと約束する」

あれ？　もしかして、慰められてる？　どちらかといえば、幸せを噛《か》み締《し》めていたつもりだったんだけど。

「私、そんなに落ち込んでいるように見えましたか？」

「ん？　故郷を思い出して薬草を眺めていたわけではないのか？」

「いえ、ただの日課なんですよ。ボーッと薬草を眺めるのが好きで、暇な時間はよくこうして過ごしています」

どうやら誤解させてしまったみたいで、リクさんは夕日のように顔が赤くなっていた。

すでに彼の料理で幸せな時間を過ごさせてもらっているため、後悔させないというのは、あながち嘘ではないかもしれない。料理人として、それだけのことを言い切るなんて、なかなか難しいだろう。

こうして優しい気持ちで慰めてくれるなら、リクさんと結婚する女性は幸せになると思う。

まだ顔合わせを済ませていないとはいえ、彼と同じくらい優しい旦那さまと結婚した私がそう思っているのだから、間違いない。

「紛らわしい奴だな。せめて、もっと楽しそうな雰囲気で眺めていてくれ」

「そう言われましても、私は十分に楽しんでいるつもりなんですが」

「背中に哀愁が漂い過ぎだ。うちの連中だったら、寝転がってイビキをかくぐらいが普通だぞ」

もはや薬草を眺めていないような気もするが、なんとなく想像がついた。

涎《よだれ》を垂らしながら寝転がるマノンさんや、日向《ひなた》ぼっこする亀爺さまだけでなく、腕を組んで眠るジャックスさんの姿が目に浮かぶ。

時間の流れがゆったりとしている人が多くて……って、納得している場合じゃない。私の行動で誤解させてしまったんだから、ちゃんとフォローしておかないと。

「でも、気持ちは嬉しかったですよ。良いところに嫁いでこられたと、心から思っておりますので」

純粋な気持ちをリクさんに伝えると、なぜかわからないが、一段と顔色が赤くなってしまった。

「どうにもレーネと一緒にいると、調子がおかしくなるな」

「そうですか？　リクさんはカッコイイので、もっと女性の扱いに慣れているものだと思っていました」

「餌付けした連中が吠《ほ》えてくるくらいだ。こっちの気も知らずに、よくそんなことを……」

ブツブツと言いながら、リクさんはプイッと顔を逸《そ》らした。

強がっているものの、耳がピクピクと動いて照れるリクさんは、可愛らしい。普段は堂々としているだけに、ギャップが大きかった。

昼間のカフェでも顔を赤くしていたので、きっと恥ずかしがり屋さんなんだろう。料理のこと以外は、意外に不器用なのかもしれない。

だって、今朝《けさ》の肉まんは頬が落ちそうなくらいおいしかったから。

……早くも私も餌付けされている気がする。肉まんの味を思い出しただけで、急激にお腹が空《す》いてしまった。

今日の夜ごはんはなんだろうなーと思っていると、挙動不審になったリクさんが薬草菜園の方に顔を向ける。

「き、綺麗だな。その――」

「わかります。この薬草の光景は、とても綺麗ですよね」

「――ッ！　そっちの話になるのか……」

「えっ？　他に何かありましたか？」

「いや、何でもない」

何か間違えたかな。他に綺麗なものなんてないはずなんだけど。

「でも、こんな光景は見たことがないんですよね。薬草に含まれる魔力がおかしいわけではないので、良い反応だとは思うんですけど」

「おそらく薬草が本来の姿に近づいている影響だろう。ヒールライトは、金色に輝く薬草と言われているからな」

「金色に輝く、薬草？」

「……いや、何でもない。そんな気がしただけだ」

リクさんの言葉を聞いて、私の中に眠っていたある記憶が蘇《よみがえ》る。

薬草の葉から零《こぼ》れ落ちる光の粒子が、もしも金色に変化したとしたら、似たような光景を一度だけ見たことがあったのだ。


あれはまだおばあちゃんが亡くなったばかりで、落ち込んだ気持ちを紛らわそうと、薬草たちの隣で眠っていた時のこと。

珍しく強風が吹き荒れたと思った瞬間、前脚を怪我した大きな狼《おおかみ》の魔獣が現れたことがあった。

まるで神の使いと言わんばかりに神々しく、金色に輝く光の粒子をまとっていて……。うーん、たった一度きりのことだったから、姿はうまく思い出せない。

確か、怪我した部位に煎じた薬草を塗ってあげたら、そのまま魔獣は去っていったはず。

その時に魔獣が発していた光と、薬草からこぼれ落ちる光の粒子が似ているような気がしたんだけど。


思い返せば、子供の頃の私って怖いな。好奇心だけで魔獣に近づき、薬を塗ってあげるなんて。

でも、どうしてリクさんが薬草に詳しいんだろう。

もしかしたら、旦那さまとそういう話をしていたのかもしれない。

「ところで、領──」

「今日の料理はもうできている。早く来ないと無くなるぞ」

そう言いながら立ち上がったリクさんは、まだ恥ずかしかったのか、足早に立ち去っていく。

夜ごはんのことが聞きたかったわけじゃなくて、領主さまのことが聞きたかったのに。でも、料理のことも気になるので、急いで後を追いかけよう。

「今日の夜ごはんは何かな～♪」

すぐに頭の中が夜ごはんのことで埋め尽くされた私は、ルンルン気分で屋敷の中に入っていく。おいしそうな香りに引き寄せられて、ダイニングにやってくると、すぐに席に着いた。そして、リクさんが出してくれた料理を見て、驚愕《きょうがく》してしまう。

デミグラスソースがかけられた、ハンバーグだ……！

溢《あふ》れんばかりの肉汁を閉じ込めた、と言わんばかりにふっくらしていて、部屋全体に良い香りが充満している。

早速、フォークとナイフを手に取った私は、温かいうちにいただくことにした。

ハンバーグにフォークを突き刺すだけで肉汁が溢れてくる中、ナイフを入れたら、もう最後。熱々の蒸気と共に肉汁が滝のように流れ出ていってしまう。

「むふっ」

ちょっと変な声が出てしまうくらい、おいしそう。いや、食べなくてもおいしいとわかる。

一口大に切ったハンバーグにデミグラスソースをたっぷりと付け、我慢できない私は、すぐに口の中に運んだ。

鼻に抜けるちょっぴりスパイシーな味と肉の甘みに、コクのあるデミグラスソースが……たまらない！　付け合わせのパンの上に載せていただくと、「う～ん！」と、声高に唸《うな》ってしまうくらい相性が良かった。

今日は朝から肉ばかり食べられて、なんて贅沢な日なんだろうか。リクさんの手作りハンバーグは、幸せを食べていると言っても過言ではないほど、おいしい。

子供みたいにワクワクして食べ進める私は、少しばかり我を見失っていた。しかし、物静かなダイニングの光景を見て、僅かに違和感を覚える。

夜は決められた分しか食べられないとはいえ、これだけおいしい料理を出されている割には、随分と雰囲気が暗い。みんなの表情はバラバラで、おいしそうに食べる人もいれば、不満そうに食べる人もいた。

リクさんの料理だけで空腹が満たされない獣人たちは、街で酒を飲んだり、食事したりするから、量の問題はないはず。どちらかといえば、ハンバーグの味に納得がいかない雰囲気だった。

特に、同じテーブルに座る草食系獣人さんたちは浮かない顔をしている。

「どうかされたんですか？」

「タマネギのニオイがキツイ～」

「タマネギの苦味が残ってる～」

「タマネギ嫌い～」

タマネギが入っていたの？と思う私は、味音痴なのかもしれない。ハンバーグの断面をよーく見ても、肉汁が溢れ出ておいしそうな印象しか受けなかった。

しかし、様子をうかがうようにダイニングをウロウロしていたリクさんは違う。難しい顔をしたまま、大きなため息を吐いて近づいてくる。

「やっぱりダメだったみたいだな」

「やっぱり？　リクさんの料理は手が込んでいて、とてもおいしいですよ」

「そんなことを言ってくれるのは、レーネくらいだろう。なかなか獣人の舌を唸らせるのは、難しくてな」

リクさんに『獣人の舌』と言われて、なんとなく理由を察した。

人族の私には存在しない悩みを抱えているのではないか、と。

「良くも悪くも獣人は五感が鋭い。必要以上に味覚や嗅覚が働く者は、僅かな苦みや臭みに対して、敏感に反応するんだ」

なるほど、と深く納得してしまうのは、獣人たちの食欲を見ていれば、よくわかる。

朝は街の酒場かと思うほど賑《にぎ》わっていたし、侍女獣人たちもおいしそうに食べていた。マノンさんも肉やパンケーキを食べる時は、とても幸せそうな表情で食べている。

味覚が鋭すぎる獣人にとって、人族よりも食事に対する意識が高いのかもしれない。ここまでみんなの気持ちに影響を与えるのであれば、ベールヌイ家の料理人はとても大事な役職なんだと思った。

「タマネギをすって炒《いた》めたものの、獣人の舌には合わない者の方が多かったらしい。普段はスイートオニオンを使って臭みを無くしているんだが、昨今の高騰で仕入れることができなくなってから、ずっとこの調子だ」

「ああー。薬草栽培の研究の副産物で作れるようになった、スイートシリーズの野菜ですね」

「苦みが出ない野菜として重宝していたんだが……ん？　薬草栽培の、副産物……？」

目をパチパチとさせて見つめてくるリクさんを見て、私は首を傾げる。

もしかして、知らないのかな。植物学士の試験でも、必ず出題されると言われるほど有名な話なんだけど。

「魔力を用いて野菜を作ると、青臭さが甘みに変換されて、栄養が豊富になることがわかったんですよ。おまけに成長も早くて、作物も実りやすい。普通の野菜と違って魔力を管理する必要があるので、植物学士と農家が提携して作ることが多いですね」

「そ、そうか。スイート野菜について、随分と詳しいんだな」

「毎年作っていましたからね。私も植物学士ですので、そのくらいのことはできますよ」

薬草栽培を専門にしている植物学士だったら、ここまで詳しく知らないかもしれない。しかし、実家でまともなものが食べられなかった私は、コッソリとスイート野菜を栽培して食べていた。

家族に気づかれたら取り上げられると思い、家から離れた場所で細々と栽培していたにすぎない。

ただ、そのおかげもあって、栄養失調にならずに生きてこられたと思っている。

だって、スイート野菜は調理法にこだわる必要がなく、カボチャでも生で食べられるから。

季節にあったスイート野菜を育てていれば、飢え死にすることはなかった。

たまに弱い魔物や動物が食べに来て、死活問題になったこともあったし、良い思い出ばかりじゃないけど。

今となっては懐かしい思い出だなーと思っていると、周囲の視線に気づく。

ゆっくりとフォークを動かして、口にハンバーグを入れても、誰も私から目を離そうとしない。

どうやらおいしく食事しているところを見たいわけではなさそうだ。どちらかといえば、希望に満ちた眼差しを向けられている気がする。

これは、スイート野菜を作れ、ということだろうか。

「あの〜、作り……ます?」

「作……れるのか?」

「はい。種も持ってきていますので、野菜を育てる場所と……作る量によっては、人手が必要になるかと」

この時に何気なく提案した私は、知らなかった。

肉が大好きな獣人たちがいるように、スイート野菜をこよなく愛する獣人たちがいることを。

そして、これが大勢の人を巻き込む、大事業になることを。

幕間 ✦ 始まる悲劇(アーネストｓｉｄｅ)

レーネが朝ごはんの肉まんを堪能している頃。何の変哲もない日々を過ごしていたアーネスト家に、突如として悲劇が訪れる。

その事件が起きたのは、寝起きのカサンドラが大きな欠伸《あくび》をしながら、薬草に水やりをした時のことだった。

「毎日薬草に水やりするのって、意外に面倒だわ。一週間に一回くらいになればいいのに。あーあ、聖女の仕事も楽じゃな……えっ？」

いつもと同じように魔法で水球を作り、薬草に水をやっただけで、他に特別なことはしていない。

しかし、カサンドラの魔力が込められた水が降《ふ》り注《そそ》ぐと、綺麗《きれい》な魔力を放出していた薬草が一変する。

猛毒と言われる瘴気《しょうき》を吐き出し、急速に腐敗しているのだ。強い腐敗臭を放ち、薬草が泥状になるほど不自然に溶け、瘴気が毒の沼を作り出していく。

それは、まるでこの世の終わりでも見ているかのような悲惨な光景だった。

次々と力尽きるように腐敗する薬草を目《ま》の当《あ》たりにして、カサンドラは言葉にならない悲鳴を上げる。

何事かと思って飛び起きてきたアーネスト伯爵も、この光景を見て息を呑《の》んだ。

「なんだこれは……。カサンドラ、いったい何があったんだ！」

突然のことに混乱するカサンドラは、アーネスト伯爵にすがりつく。

「違うの、パパ。これは私のせいじゃない。私はいつも通り水をやっただけよ。そうしたら、急に変なものを吐き出して、枯れてしまったの」

「あれほど薬草もカサンドラを歓迎してくれていたのに、いったいどうして……」

「わからないわ。だって、昨日も薬草は綺麗な魔力を出していたのよ。それなのに、急に……うっ」

カサンドラは必死に無実を訴えるが、腐敗した薬草の強烈なニオイが鼻をくすぐり、話せなくなってしまう。

ハンカチで鼻を隠しても漂ってくるほどの腐敗臭に、思わず二人は後退《あとずさ》りした。

「少し離れよう。薬草が腐敗して瘴気を出しているみたいだ。猛毒の危険性がある」

「毒⁉　私はそんなもの撒《ま》いてないわ！」

「わかっているよ。カサンドラみたいに清らかな心を持った娘が、毒を撒くはずがないだろう。なんと言っても、聖女なのだからね」

アーネスト伯爵に慰めるような言葉をかけられるが、カサンドラの心境は複雑だった。

自分の魔力がこもった水が薬草に触れた瞬間、次々に瘴気を吐き出し、腐敗しているところを目撃している。

何も悪いことはしていない。そう思っていても、不安で仕方がなかった。

「ね、ねえ、パパ。私って、本当に聖女なのよね？」

「当然だろう。昨日まで見ていた光景を思い出しなさい。今までレーネが水をやっていて、あんな神秘的な光景になったことがあったかい？」

「……そうよね。私はやっぱり、聖女なのよね。うん、聖女なのよ」

薬草が綺麗な魔力を吐き出すところを思い出したカサンドラは、自分に言い聞かせるように復唱した。

これは聖女に与えられた試練なのかもしれない、そう思いたくて。

「こんな不可解な現象が起こるとしたら、魔物の仕業に違いない。カサンドラが気にする必要はないんだよ」

「ありがとう、パパ。もう少しで私の清らかな心が、こんな汚い光景に汚染されるところだったわ」

「ハッハッハ。腐りきった心を持つのは、レーネだけで十分だよ」

「そうよね。よく見たら、この光景はお姉さまにお似合いよ」

二人が腐敗した薬草の前で悪態をついていると、カサンドラの悲鳴を聞き付けた伯爵夫人が遅れてやってくる。

これまでの経緯を説明すると、伯爵夫人はカサンドラを抱き締めた。

「カサンドラ、可哀想《かわいそう》に。魔物のせいでツラい思いをしたわね」

「大丈夫よ、ママ。だって、私は聖女だもの。お姉さまが育てていた薬草を引き継ぐより、一から育てた方がよかったのよ」

「そうね。もしかしたら、あの薄汚い娘の毒素でこうなったのかもしれないわ」

カサンドラの元気な声が聞けて、伯爵夫人は落ち着きを取り戻す。

そして、彼女を腕の中から解放した後、アーネスト伯爵に問いかけた。

「新しく薬草を栽培するにしても、これで今年の不作が一気に進むわ。納期が大幅に遅れたら、大変なことにならないかしら。確か、国から補助金ももらっていたわよね？」

伯爵夫人の言う通り、昨今の薬草不足を深刻な問題だと考えた国は、アーネスト家に多額の補助金を出している。

しかし、今まで一人で薬草栽培をしていたレーネは、そのことを知らない。

補助金の行方《ゆくえ》を知っているのは、悪巧みを思いついたかのように、ニヤリッと口元を緩めるアーネスト伯爵だけだった。

「それだ！　不慮の事故で起こったことなのだから、国にまた補助金を申請しようではないか！」

「大丈夫かしら。不作どころか、出荷できなくなってしまったのよ？」

「お前は何も心配しなくていい。私は陛下に特別扱いされているのだからね」

「あなた。いつもそう言っているけれど、本当なの？」

「ああ。陛下に謁見を希望すれば、いつもその日のうちに時間を作ってくれるし、二つ返事で補助金を出してくれている。私がパーティーに参加すると、彼の方から声をかけてくるほどだよ」

「まあ！　国王さまから声をかけられるなんて！　あなた、国王さまに相当好かれているのね！」

「当然であろう。彼とは、良い友達みたいなものだ」

「国王さまに失礼よ、うふふふっ」

呑気《のんき》なことを話し合いながらも、アーネスト伯爵は一つの疑問を抱いていた。

魔物の仕業にしては、足跡や痕跡が存在しない。普通はもっと畑が荒れるし、誰《だれ》かが魔物の存在に気づくはずだ。

ましてや、カサンドラが水をやった瞬間に薬草が毒を放ったのなら、それは……。いや、最愛の娘に限って、そんなことはあり得ない。ただの考えすぎだろう。

一瞬、変なことが頭をよぎり、アーネスト伯爵は考えることをやめる。

実の娘を疑うなんて、馬鹿馬鹿《ばかばか》しい。そう思い、王都へ向かうための準備をするのだった。

第三章 ✦ スイート野菜の栽培

スイート野菜を栽培することになったレーネだが、いろいろと確認や手続きが必要だったため、何もしないまま一週間もの時間が過ぎていた。

屋敷の裏庭で薬草と一緒に栽培できたら、すぐにでも取り掛かれる。でも、なかなかそううまくはいかない。

スイート野菜に栄養を奪われたり、薬草菜園を圧迫する恐れがあったりと、薬草に悪影響を及ぼす可能性がある。

さすがに薬草栽培を優先する必要があるので、スイート野菜を栽培する場所を探さなければならなかった。

しかし、都合よく街中で見つかるはずもない。

それを知った獣人たちの顔を、私は生涯忘れることができないだろう。

この世の終わりかと思うほど、絶望的なオーラを漂わせて落胆していた。

「マジかよ。俺《おれ》の生きる喜びが失われた……」

「まだ野菜の苦味と青臭さに耐えなければならないのか」

「あの味を覚えてしまうと、普通の野菜には戻れないよな」

今ならリクさんが頭を悩ませていた理由がよくわかる。味覚の鋭すぎる獣人たちにとって、食事

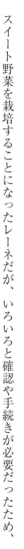

とは、最高の娯楽にも最悪の苦痛にもなりうるものだと理解した。

ベールヌイ家に嫁いできて助けられてばかりの私は、彼らが落胆する姿を見るのが心苦しい。楽しみにしてくれているのなら、お世話になっている恩を返す意味も込めて、スイート野菜を栽培してあげたかった。

そこで街の外で作れないか確認してもらったところ、すぐに栽培できそうな場所が見つかる。

私が屋敷から行き来できる範囲で、広さも十分に確保できる場所が裏山にあるとわかったのだ。

これには、獣人たちも大喜びである。

「ヒャッホー！　生まれてきてよかったー！」

「これで新鮮なスイート野菜が食べられるぞ！」

「公爵夫人が植物学士って、最高だな！」

まだスイート野菜の栽培が始まったわけでもないのに、屋敷全体がお祭り騒ぎになるほど盛り上がる。

そんな中、私は一つの疑問を抱いていた。

裏山に誰《だれ》も住んでいないとはいえ、領地に関《かか》わることであれば、旦那さまの許可を得る必要がある。スイート野菜を食べたいからという理由だけで、勝手に話を進めるわけにはいかないはずだ。

まだ姿を見せない旦那さまのことが気になり、マノンさんに詳しい事情を知っているのか確認したところ「ん？　知ってるよ？」と、キョトンッとした顔を向けられてしまう。

どうやら私に旦那さまの情報は入らないが、旦那さまには私の情報が入るらしい。顔合わせする様子が一向に感じられないので、不安な思いが募ってくる。

やっぱりナイスバディな女性が好みだったのではないだろうか。もしかしたら、見た目がタイプではなくて、嫌われたのかもしれない。

さすがにこればかりは本人と会うまでわからない。モヤモヤした気持ちは残るものの、深く考えないようにしよう。


そんなこんなでスイート野菜を栽培する土地が決まったため、私は今、マノンさんと二人で裏山に足を運んでいた。

整備されていない山道に荒れ放題の草木があり、実家と同じような田舎の大自然を感じる。しかし、明確に違うことが一つだけあった。

「マノンさん、あの白いものはなんですか？」

「魔物の骨」

平然とした表情で答えてくれるマノンさんを見れば、これが当たり前のことなんだと察した。

至るところに魔物の骨が転がっているため、それだけ魔物が徘徊《はいかい》している危険な地域だと言える。

それなのに、私は護衛騎士もつけずに、マノンさんと二人だけで裏山を歩いていた。

もし本当に旦那さまが大事にしてくれていたら、屈強なジャックスさんみたいな方を同行させてくれるのではないだろうか。

俊敏な動きができる獣人のマノンさんは、魔物に襲われても素早く逃げられるかもしれないが、人族の私はきっと逃げられない。でも、安全性を高めるために高価な服を買ってもらったばかりで、蔑《ないが》ろにされているとは思えなかった。

どうなっているんだろう……と頭を抱えていると、遠くの方でガサガサと草木が揺れる。

「ん？　餌を求めてやってきたか。愚かな魔物め」

「ま、魔物⁉　ど、ど、どうしましょう！」

「大丈夫だ、奥方。いざとなったら、必殺のライオンパンチでやっつける」

絶対無理～！と、私がアタフタと取り乱す一方で、冷静なマノンさんは音が聞こえた木々に体を向けた。

涎《よだれ》を垂らした狼《おおかみ》の魔物であるウルフが姿を現すと、一気に緊張感が増して、窮地に立たされる……はずだったのだが。

「がおーっ」

「キャヒンッ」

マノンさんが得意とするライオンの威厳ポーズで、アッサリと魔物を追い返してしまう。

なぜ魔物が怯《おび》えて逃げるのかはわからない。あまりにも可愛《かわい》くて逃げたと言われた方が、まだ納得できる。

しかし、一つだけ確かなことは――。

ガサガサガサ

ドシンドシンドシン

思っている以上に魔物に囲まれていたということだけだった。

「フッ、やはりライオンこそ最強」

魔物を追い払ってドヤ顔するマノンさんを見て、私の乙女心はコロコロと揺れ動いている。

やっぱり旦那さまに好かれているのかもしれない。絶対に魔物に襲われないラブリー侍女、マノンさんを専属侍女にしてくれているのだから。

「私は一生魔物とわかり合えない気がしてきました」

「魔物は雑食だから、仕方ない」

「そういう意味ではないんですけどね」

マノンさんは少し天然が入っているみたいだ。そこがまた一段と可愛らしい。

＊＊＊

完璧《かんぺき》な魔物対策とも言える存在、マノンさんと一緒に裏山を登り続けると、少し開けた場所が見えてくる。

魔物同士で争いでも起きたのか、木々がなぎ倒されていたり、地面がくぼんでいたりと、荒れ地になっている場所で、人の手が加えられた形跡はない。

その影響もあって、思っている以上に静まり返っていた。

「目的地に到着。ここでスイート野菜を作りたい」

「屋敷を出てから、ちょうど三十分くらいですね。このくらいの距離なら、農作物も馬で運びやすいと思います」

軽く土を触ってみる限り、魔力が少し足りない気がするけど、スイート野菜を作るだけなら問題はない。しっかり耕すことができれば、おいしいスイート野菜が収穫できるようになるだろう。

「魔物に荒らされる心配はありませんか？」

「この周辺は元々うちの縄張りだったから、問題ない。魔物が来ても、騎士団が何とかする」

他力本願かな。それぞれに与えられた役目を果たすという意味では、間違っていないけど。

「昼間ならともかく、夜間の警備も必要になりますよ」

「夜行性の獣人もいるし、警備は万全」

「そこまでして、スイート野菜を作る価値は……？」

「ある」

あるんだ。コストと苦労が割に合わないような気がするものの、獣人にとってはそれだけ大事なことなのかもしれない。商業目的で栽培するわけではないし、スイート野菜の高騰で手に入らないなら、深く考えないようにしよう。

どちらかといえば、もっと別のことが気になってしまう。

「まさかここまで広い土地を任されるなんて」

思っていた以上に期待されていて、後に引けない状況が生まれている。趣味でやるレベルを軽く超え、事業ができるくらいの土地を提供されていた。

獣人の死活問題に、安直に踏み入ったとわかった瞬間である。

さ、さすがにスイート野菜で埋め尽くすわけじゃないよね……？と心の声を震わせていると、マノンさんに服をチョイチョイと引っ張られた。

「もう準備は終えている。領民たちに手伝いも募集した」

不穏な言葉が耳に入ってくると同時に、私たちが登ってきた山道から大勢の人たちが歩いてくる。

鎧《よろい》を着て警備を務める騎士の方々だけではなく、畑を耕す準備万端と言わんばかりに鍬《くわ》を担《かつ》ぐ人々の姿が見えていた。

「スイート野菜が育てば、うちの子の学費も楽になるのかねえ」

「どうだろうな。近年は専属農家でも不作なほど難しいと聞いているぞ」

「仕事がもらえるだけでもありがてえぜ」

取り返しのつかない事態に陥《おちい》っていることに気づいた私は、心の中で叫ぶ。

思っていた規模と違うんですけどー！　領地の政策になっていませんかー!!

予想外の出来事にしどろもどろになっていると、マノンさんがテクテクと領民たちの元に近づき、荒れ地の方を指で差した。

「ここら辺の土地を耕してほしい。給金は弾むって、リクが言ってた」

「よしっ、きた！　任せてくれ！」

どうしてリクさんが公爵家の財布を……と、私の混乱は止まらない。マノンさんの指示に従い、テキパキと動く領民たちの姿を見て、呆然《ぼうぜん》と立ち尽くしていた。

もしかしたら、これが獣人国とリディアル王国の文化の違いなのかもしれない。きっと料理人であるリクさんが、仕入れに関わることをすべて任されているため、野菜畑を統括する立場にあるんだろう。

獣人にとっては死活問題なんだし、間違いない！　なんて有能なんだ、リクさん……！

そんなことを考えている間に、次々に領民と騎士たちが作業に取り掛かっていき、時間だけが過ぎていった。

周辺の安全を確保するために警備する騎士団と、荒れ果てた土地を耕す領民たち、そして、その光景をボーッと眺める私とマノンさん。

まるで一大イベントが始まったような雰囲気で、大きな盛り上がりを見せている。

「おーい、こっちに木材を持ってきてくれないか？」

「こっちはでけえ石が出てきたぞ。若いもんで運び出してくれ」

「小川が近くて助かったぜ。水がうめえ～」

嫁いできて、まだ一週間。まさか旦那さまとお会いするより先に、領民たちと触れ合う機会が訪れるとは思わなかった。

順番が違うと突っ込めばいいのか、展開が早すぎると突っ込めばいいのかわからない。こうなった以上は成り行きに身を任せるしかないので、のんびりと過ごそう。

なんといっても、ジャックスさんが現場の指揮を執って、順調に進めてくれているから。

「手の空いた騎士は仮設テントを立ててやれ。休憩場所を作っておいた方がいいだろう」

本人が言うには、顔の怖い人が上に立った方が争いが起きにくいから、という理由で指揮を執っているそうだ。

指示を受けた騎士たちがテキパキと動いているので、実は見た目以上に怒ると怖いのかもしれない。私にとっては優しい老兵さんだから、深く気にしないでおこう。

ジャックスさんが指示を出しながら近づいてきたため、落ち着いたところで声をかけてみる。

「どうしてこんな感じになったんでしょうか。私と屋敷の使用人だけで作ると思っていたんですが」

「ダンナのことだ。嬢ちゃんの実績作りも兼ねているんだろう」

「私の実績作り、ですか？」

「公爵夫人の良し悪《あ》しなんて、領民にはわかりにくいのさ。だが、大きな仕事をくれるとなれば、話は変わってくる」

ジャックスさんの言葉を聞いて、ようやく旦那さまの意図を理解した。

領民たちを雇用することで、突然嫁いできた私の印象を良くしようとしてくださっていたのだ。

「生活を豊かにしてくれると領民たちの評価が高まる、ということですね」

「そういうこった。これから継続的に栽培するなら、領民に仕事を与えた方が治安も安定する。ダ

なるほど。これだけ広い土地でスイート野菜を栽培するのは、難民や貧困層を救済する目的もあったのか。

てっきりスイート野菜を食べたいだけなのかと思っていただけに、驚きを隠せなかった。

せっかく旦那さまが考えてくださったのであれば、公爵夫人として、絶対にスイート野菜の栽培を成功させなければならない。

旦那さまの好感度も高まりそうだし……、なーんて考えてしまうあたり、相変わらず私の頭の中はお花畑だが。

「参加した領民たちに農家出身の者が数名いるが、今後の作業はどうする?」

私の心が見透かされているのか、ジャックスさんに今後の展開について聞かれてしまう。

これはもう、絶好のチャンスである!

「基本的に普通の野菜作りと同じなので、お任せしてもいいかもしれません。その分、お給金を上げた方がやる気にも繋《つな》がるかと」

「ふっ、嬢ちゃんもわかってきたな」

だって、旦那さまがそういう感じなら、そうした方がいいじゃないですか、なーんて言えるはずもない。

「やることはたくさんありますからね。騎士の皆さんにも魔物の骨と皮を用意してもらいたいんですけど、大丈夫ですか?」

これで旦那さまに褒めてもらえるようになるといいなー……と思っていると、事態は一変する。

「嬢ちゃん、悪いことは言わない。魔物の骨だけはやめておけ。敵を作るだけだぜ」

急にジャックスさんが神妙な面持ちに変わる。今までボケーッとしていたマノンさんまでピリピリとした雰囲気を放っていた。

これが本当のライオンの威厳なのかもしれない。メラメラと燃えるオーラみたいなものまで見える気がする。

「奥方、骨が欲しいの……？」

「えっ？　いや、あの～……ダメ、ですか？」

「ダメとは言わない。でも、順番は守るべき」

順番……とは何だろうか。魔物が多いこの地域において、骨なんていくらでも余っていると思うんだけど。

そんなことを考えていると、ジャックスさんが何かを諭すように、私の肩にポンッと手を置いた。

「嬢ちゃん。骨付き肉を食べたい気持ちはわかるが、ちゃんとダンナに申請するんだな。順番抜かしをすると、ペナルティが付くぜ」

骨付き……肉？　なんだか変な誤解をされているような気がする。

「えーっと、普通の魔物の骨が欲しいんです。肉のついていない普通の魔物の骨が」

「ん？」

「んん？」

急にポカンッとした二人の顔を見れば、完全に話が噛《か》み合《あ》っていないと確信した。

「普通の野菜は魔力を取り込む力が弱いので、それを強くしないといけないんですよ。そのために、魔物の骨を粉末にして、畑の肥料にするんです。だから、肉付きの骨はいりません」

こちらの事情を説明すると、そういうことね、と言わんばかりに二人は納得する。

「よかった。奥方は敵ではなかったか」

「嬢ちゃんのことだ。そんなことだと思ってたぜ」

めちゃくちゃホッとしてるじゃないですか、と突っ込んでしまいたい。まさか二人とも骨と聞いて、骨付き肉を連想するとは思わなかった。

わざわざ領主さまの許可を必要とするのは、それだけおいしいからなのかな。うーん……ちょっと食べてみたい。

「嬢ちゃんの希望する魔物の骨や皮くらいなら、すぐに用意できるはずだ。街に戻ったら、こちらで手配しておこう」

「よろしくお願いします。後はところどころ注意点がありますので、指示に従ってもらえたら、無事に育てられると思います」

スイート野菜を作るのに、専門的な知識を必要とする場面は多くない。農家出身の人に任せれば、きっとうまくいくはずだ。

「でも、私は今まで人前に出る機会がありませんでしたから、そのあたりはジャックスさんを中心にして――」

「おーーーいっ‼　いったん作業を中断しろ‼　ベールヌイ公爵夫人から話があるそうだ！」

えええええーーーっ‼　ちょ、ちょっとジャックスさん⁉　なぜそのようなことを……‼

私の味方じゃなかったんですか！　どや顔を向けてこないでくださいよ！

急に集合がかかったこともあり、大勢の人が戸惑いながら集まってきた。

屋敷で働く騎士の方以外、私のことを知っている人はいないので、物珍しそうな瞳《ひとみ》で見つめられてしまう。

本当にこんな痩せている小娘が、公爵夫人で合っているのか、と。

こんなことになった以上、ちゃんとビシッと言わないと、旦那さまの顔に泥を塗ることになる。

だって、わ、私は……こ、公爵夫人だから！

「ちゃんと野菜が実っても、つまみ食いは少なめでお願いします！」

時間が止まったかのように固まる領民たちの姿を見て、ビシッと言うことを間違えた気がすると悟るのであった。

＊＊＊

領民たちと協力してスイート野菜を栽培することになった私は、彼らを三つのグループに分けて、働いてもらうことにした。

一つ目は、魔物の骨を砕いて肥料を作る係。二つ目は、その肥料と種を撒く係。三つ目は、魔物の皮を繋ぎ合わせて、雨よけを作る係だ。

少し変わった作業もあるけど、基本的には農家の仕事と変わらない。イレギュラーなことがあるとすれば、急に公爵夫人として私が現れたことくらいなのだが……。

のびのびと骨を砕く人たちを見ると、あまり気にする必要はないと実感した。

「そんなにおいしい野菜ができるもんかねー」

「食いいしん坊の公爵夫人が言うんだ。間違いない」

「収穫を楽しみにする公爵夫人の顔が目に浮かぶよ」

屋敷よりも緩い雰囲気で作業が進むのは、私がビシッと言おうと思い、失敗した結果である。

つまみ食いに制限をかけたところ、食いしん坊な人だと思われてしまった。

あながち間違っていないだけに、訂正しにくい。農作物で命を繋いできた身としては、何も言い返せなかった。

でも、自分たちで栽培したスイート野菜を食べてくれれば、領民たちもきっとわかってくれるだろう。そう思っていたのに、貴族のものを食べるつもりはないと、彼らにアッサリ否定されてしまった。

食いしん坊のイメージを払拭したいわけではないが、それはそれで納得できない。育てた野菜を食べるのは、栽培者の特権であり、一番の醍醐味《だいごみ》である。

寒い時期に採れるスイート野菜は、甘みがギュッと閉じ込められていて、生でも十分においしい。貴族だけで独占する方が食いしん坊だと思う。

そのため、スイート野菜について熱弁したところ、公爵夫人はとても野菜が好きな人だと認識されてしまった。

「自分で野菜を栽培するなんて、珍しい娘さんだねー」

「貴族がこだわった分だけ、仕事が増えるってもんさ」

「野菜をつまみ食いする公爵夫人の姿が目に浮かぶよ」

本当に貴族令嬢なのか怪しいイメージだが……うぐぐっ、否定できない自分が悔しい。誘導尋問に引っかかった気分だ。

領民たちの作業を見守り、順調に魔物の骨が砕かれていることを確認した後、私は種を蒔く班の元へ向かう。

ここには畑仕事の経験者を集めたこともあり、かなりスムーズに進んでいた。

「お嬢さんや、この骨の粉末を全部土に混ぜてしまってもいいのかい？」

「構いません。混ぜたところから順に種も蒔いていってください」

「そうかい、わかったよ。もうそっちの畑は種を蒔き終えたからね」

「ありがとうございます。では、私が水をあげておきますね」

年配のお爺《じい》さんたちが多くて、時間がゆったりと流れているけど、とても丁寧に仕事をやってくれている。

ただ、農家の経験がある影響か、普通の野菜とスイート野菜の栽培の違いが気になるらしい。私の方を何度もチラチラと見て、様子をうかがっていた。

別に隠すようなことではないが、水をやる姿はあまり見られたくない。おばちゃんの教えを守るためとはいえ、植物に声をかける姿を多くの人に見られるのは、単純に恥ずかしい気持ちでいっぱいだった。

でも、これから長い付き合いになることを考えたら、ちゃんと見せておいた方がいいだろう。最初は変だと思われたとしても、スイート野菜が実れば、きっとわかってくれるはずだ。

お爺さんたちの熱い視線を感じながら、私は魔法で水球を作り、種を蒔いたばかりの畑に水やりを披露した。

「が、頑張って芽を出すんだよー」

意を決して言葉を発したものの、耕されたばかりの畑に大声を発するのは、恥ずかしい。すぐに顔の火照りを自覚するくらいには恥ずかしいのだけど……。

「お嬢さんはよくわかっておるな。植物に話しかけると、育ちが良くなるんだよ」

意外にもおばあちゃんの教えは、老人世代に人気だった。

何十年も植物を育てていると、共通の価値観が生まれるのかもしれない。律儀におばあちゃんの教えを守り続けてきて、本当によかったと実感する。

種を蒔いた畑に水をやり終えたら、最後に魔物の皮で雨よけを作ってもらう女性陣の元に向かった。

植物を育てるなら、大雨や強風などで被害が出るので、それらの対策は準備する必要がある。

特に魔力を用いて育てる薬草やスイート野菜は、暗くて狭い場所に閉じ込めると、過剰にストレスを感じやすい。そのため、骨組みを組んで天井《てんじょう》を高くして、丈夫な魔物の皮を繋ぎ合わせた大きなシートで、畑全体をすっぽりと覆《おお》って守ることを推奨していた。

魔物の皮は丈夫な反面、扱いが難しいから、雨よけ作りが一番苦労すると思う。

まずはしっかりと皮を洗って、余分な油脂を取り除いてもらっていた。

「けっこう力仕事だねー」

「本当にね。これ、鍛冶屋さんに依頼した方が早いんじゃない？」

「コラッ、つべこべ言わずに手を動かしな。仕事が無くなったらどうするんだい」

キレの良いお婆《ばあ》さんがいらっしゃるので、ここは彼女に任せよう。

だって、下手に教えに入ると怒られそうで怖いし、私も薬草菜園用の雨よけを作りたい。ジャックスさんが魔物の皮をいっぱい手に入れてくれたから、みんなに紛れて一緒に作ろうと思う。

洗い終わった魔物の皮をいくつかもらい、地面に腰を下ろして、それらに魔力を流していった。

本来であれば、魔物の皮を繋ぎ合わせるために、専用の特殊な針と糸で繋ぎ合わせるが、非力な私にはできない。その代わり、おばあちゃん直伝の魔法を使った方法で繋ぎ合わせていく。

魔物の皮にしっかりと魔力を流した私は、端の部分だけ火魔法で溶かし、すぐにくっつけたい魔物の皮を重ねた。燃え広がらないように火魔法を制御しつつ、繋ぎ合わせたい部分を一気に水魔法で冷やして、しっかりと固着させる。

普通に作るよりも強固なものを作ることができるが、魔法を使った作業は繊細なので、慣れていないと燃やす可能性が高い。そのため、みんなには裁縫でやってもらっていた。

「山火事になる方が大変だし、これればかりは仕方ないよね」

雨よけを作りながら領民たちの作業風景を眺めていると、周囲の警戒に向かっていたジャックスさんとマノンさんがやってきた。

「器用なもんだな」

「奥方、上手」

誇らしげな表情を浮かべるジャックスさんと、パチパチと軽く手を叩《たた》いたマノンさんが褒めてくれる。しかし、私はちょっとムスッとした表情を返した。

ジャックスさんがスピーチの無茶振りをしなかったら、領民たちに食いしん坊のイメージは付かなかったはず。公爵夫人の印象が子供みたいになり、やるせない気持ちが芽生えていた。

言葉を口にしたのは自分でも、あんなに急に出番を与えられたら、混乱するのは当然のこと。最初くらいは旦那さまに相応《ふさわ》しい公爵夫人を演じたかったのに、貴族らしい印象をまったく与えることができていなかった。

「こんなことになったのは、ジャックスさんのせいですからね」

「嬢ちゃんが早く打ち解けられたようで何よりだ」

「恥ずかしい思いをしただけですよ。さっきなんて、孫娘でも見ているような視線を感じたんですから」

「嬢ちゃんの気持ちもわかるが、残念ながら、すでに気高い猛獣枠は埋まっているぜ」

ジャックスさんがマノンさんを指で差すと、彼女は大きく胸を張った。

魔物を追い払う力はあるのかもしれないが、気高い猛獣にも、品のある女性にも見えない。どちらかといえば、可愛い猛獣枠だった。

「そういうふうになりたかったわけではありません。もう少し普通の枠に収まりたかっただけです」

「嬢ちゃんは愛嬌《あいきょう》を振りまいていた方がいい。今後の作業にも影響するだろうし、自然体で過ごした方がいいんじゃねえか？」

ジャックスさんの言うことは、一理ある。でも、スイート野菜の監修を考えたら、それほどやることは多くない。

「私のやることは、水やりに来て、スイート野菜や土の魔力を確認する程度ですよ。明日には芽が出ますから、後は一緒に生えてくる雑草との勝負になりますね」

畑に魔物の骨を使うデメリットは、大量の雑草が生えてくることだ。スイート野菜を作るためとはいえ、すぐに忙しくなるだろう。

「嬢ちゃん、さすがに明日には芽が出ねえよ。スイート野菜と言っても、同じ植物だからな」

呆《あき》れるジャックスさんは信じていないみたいだが、魔物の骨と魔力が浸透した水を得た植物は、常識では考えられない早さで成長する。

明日の野菜畑の光景を見たジャックスさんは、いったいどんな顔を見せてくれるのか。

今から楽しみにしておこうと思う。

＊＊＊

翌日、マノンさんと一緒に裏山の様子を見に来ていた時のこと。

早くも雑草と一緒にスイート野菜の芽が出てきたため、領民たちに仕事を割り振って、雑草を抜いてもらっていた。

畑全体に水をやったばかりなので、生命力の強い雑草はどんどん背を伸ばしてしまう。

放っておくとスイート野菜が育たないため、みんなで綺麗《きれい》な畑にしてほしい。

今日がまだ作業二日目ということもあり、領民たちはやる気に満ち溢《あふ》れていた。

彼らの頑張り次第では、集めた雑草が山のようになる恐れがあると思い、予《あらかじ》め土魔法で簡易的な焼却炉を作っておくことにする。

警備する騎士の方に火魔法を使ってもらえば、雑草の処理で困ることはないだろうから。

土魔法を行使し続けて、大きな窯のような焼却炉が完成する頃、ジャックスさんが遅れてやってくる。

「嘘《うそ》だろ。もう芽が出てやがる……」

目の前の光景に呆然と立ち尽くしたジャックスさんは、驚愕《きょうがく》の表情を浮かべていた。

ちゃんと言っておいたはずなのに、やっぱり信じていなかったらしい。盛大にフラグを回収して、現実を受け止めきれないでいた。

「嬢ちゃん。これは夢じゃねえよな？」

「違います、現実です。成長が早いって言いましたよね？」

「すまん。本当にここまで早いとは思わなかった」

ジャックスさんが驚く一方、すでに各々の作業に取り掛かっている領民たちは、余裕のどや顔を見せている。

「俺たちはお嬢のことを信じてたから、驚かねえよ」

「お嬢を疑うなんて、俺たちにはできねえからな」

「お嬢の指示通りに動けば、間違いないってわけ」

みんなのテンションがおかしな方向に向かっているが、彼らはジャックスさんより驚いていたことを、私は知っている。

『マジかよ‼ もう芽が出てるじゃん！ 普通にあり得なくねー⁉』

『えええっ！ もっと時間かけて出てこいよ‼ 頑張りすぎだ‼』

『お、お、落ち着けよ。ま、まだ芽が出てきた、だだだ、だけだ』

ジャックスさんを落ち着かせるよりも、気が動転した彼らを鎮める方が倍以上の時間がかかっている。

そのおかげか、妙に打ち解けられたみたいで、知らないうちに『お嬢』と呼ばれ始めていた。

領民たちに受け入れてもらえたという意味では良い結果なんだけど、公爵夫人という印象がどんどん薄れているような気がして、ちょっぴり悲しい。

この地には独特の文化があるとはいえ、旦那さまが求めている結果と違わないか心配している。しっかりと働いてくれている領民たちと、立派な芽を出してくれたスイート野菜を見れば、これで良かったのかもしれないが……。

ジャックスさんの戸惑う姿を見ると、間違っていた気もしなくはない。

普通の植物とは違う傾向が多いから、今後の栽培について詳しい話をしておくべきだろう。せめて、現場の指揮を執ってくれるジャックスさんには、堂々としてもらいたかった。

驚愕の表情で立ち尽くすジャックスさんの肩を軽く叩くと、ハッと息を呑《の》んで、ようやく現実世界に戻ってくる。

「スイート野菜は早く芽を出す分、実をつけてからが長いです。それでも、普通に野菜を育てるより収穫が早いですね」

「じゃあ、どうして高騰しているんだ？　単純に考えて、普通の野菜よりも収穫量が増えるだろ」

「水分と魔力の調整が難しいんですよ。まあ、見ればわかると思いますけど……。笑わないでくださいね？」

「ん？　ああ、笑わないと約束しよう」

昨日も今日も周辺の警備をしていたジャックスさんは、水やりの方法を見ていない。

そのため、何が言いたいのかわからない、と言わんばかりに首を傾《かし》げていた。

こうして徐々におばあちゃんの教えを浸透させていくのか、と思いながら、私はこほんっと咳払《せきばら》いをする。

「今日の水やりで、水分が足りてない子はいるかなー？」

「嬢ちゃん。さすがに植物は返事をしな――」

少し呆れた様子を見せるジャックスさんだったが、またすぐに驚愕の表情を浮かべて、呆然としてしまう。

それもそのはず。風も吹いていないのに、いくつものスイート野菜の芽がパタパタと揺れ動いているのだ。もはや、返事をしているようにしか見えなかった。

「マジかよ……」

「マジですね。ちなみに、そこのグッタリしている子は水をあげすぎました。土を乾燥させてあげないと、枯れてしまいます」

「掘り起こして乾いた土でも混ぜるのか？」

「いえ、火魔法で土を乾燥させる感じですね」

「そういう方法もあるんだな……」

ジャックスさんが半信半疑に見えたので、グッタリしているスイート野菜の芽の元に向かう。

軽くしゃがみ、土を触って火魔法で乾燥させると……、ちょうどいいところで葉がパタパタと揺れた。

微妙な表情を浮かべるジャックスさんだが、この光景が信じられないわけではないだろう。

子供だったら『すっごーい！』と興味を持ってくれるけど、大人だと『おかしい……』と常識を疑わなければならないため、戸惑っているんだと思う。

「植物学士っていうのは、みんなこうなのか?」

「うちの家系はこんな感じですけど、魔力の性質や制御の問題があって、けっこう難しいんですよね。たぶん、珍しいやり方だと思います」

「だろうな。特異な方法だと思ったぞ」

そこまでハッキリ言わなくても、と思う反面、ずっと近くで見ていたマノンさんがウンウンッと頷《うなず》くのだから、そういうことなのかもしれない。

「一般的なスイート野菜の栽培方法だと、ずぼらな性格の私には難しいんですよ。毎日あげる水の量を計算して求めないと、すぐに枯れてしまいます」

「計算……?」

「はい。土と葉の魔力量を一時間おきに測定して、野菜の平均消費魔力を求めるんです。それを踏まえた上で、その日の湿度と気温を測定して、水を与える量をまた計算で求めるんです」

「なるほど。高騰の理由がわかった気がする。それを毎日やるとなれば、かなり面倒だろうな」

ジャックスさんがゾッとしているので、もうこれ以上は言わなくてもわかるはずだ。

そこに植物の成長具合まで考慮されるなんて言ったら、今後はスイート野菜がおいしく食べられない可能性があるので、内緒にしておこう。

「植物学士の家系は几帳面《きちょうめん》な方が多いので、大雑把《おおざっぱ》な行動は許さないんですよね。私には到底無理な方法です」

「他の植物学士からしてみたら、嬢ちゃんの栽培方法の方が難しいと思うだろうな。ないものねだ

りってやつさ」

「結局、ちゃんと育てば同じですからね。さすがにこれだけ広い規模になると、私の栽培方法では水をあげすぎる子も出てきましたけど、まあ、大丈夫でしょう」

うまく管理できるか不安だけど、一人で栽培するわけではない。領民たちの協力があれば、きっとうまくいくと思う。

仕事に取り組む彼らの姿勢を見て、私はそう確信していた。

「たった一日ですげえ量の雑草だな」

「早く抜いてやろうぜ。お嬢の野菜が育つところを早く見てえ」

「明日には実をつけてるかもしれないからな」

さすがにそれはないよ、と教えてあげたい。でも、彼らも冗談で言っているだろうし、それだけワクワクしているのなら、水を差すわけにはいかない。

だって、興味を持って野菜を育てることで、それに愛情が芽生えると知っているから。

もしかしたら、彼らがどんなスイート野菜に育ててくれるのか、私が一番楽しみにしているのかもしれない。

そんなことを考えていると、マノンさんが私の服を引っ張った。

「奥方、なんか良いことでもあった?」

「そう見えますか?」

「うん。今日はいつもより機嫌が良さそう」

「ここの生活はいつも幸せですけど……そうですね。今日は野菜が無事に芽を出して、特に嬉《うれ》しいのかもしれません」

曖昧な返事で返したけど、何に嬉しいのか、自分が一番よくわかっている。

こうして誰かと野菜を栽培する喜びを分かち合うのは、生まれて初めてのこと。これからスイート野菜の芽が育ち、収穫する喜びまで共有できることを、私は喜んでいるのだ。

「早く食べ頃になるといいね、奥方」

「まだまだ先ですよ。せめて、実がついてから食べることを考えてください」

「いつ頃になる？」

「基本的には、五日ほどで実がなって、一週間から二週間くらいで熟す感じでしょうか。雑草の処理や天候次第で多少前後しますが……」

おばあちゃんが私に薬草の栽培を教えていた時も、こんな気持ちだったのかもしれない。

ワクワクしているみんなの姿を見るのが、たまらなく嬉しく感じるのであった。

＊＊＊

領民たちに野菜畑の作業を任せて、裏山から屋敷に戻ってくると、私はマノンさんと別れた。

専属侍女といっても、ずっと一緒にいるわけではなく、屋敷では別々に過ごすことが多い。

洗濯物を干したいと言っていたので、庭で日向《ひなた》ぼっこでもしながら、のんびりと仕事をこなしているだろう。

主である私ものんびりと薬草栽培を楽しむタイプだから、彼女の仕事に口を挟むつもりはない。

しかし、領民たちに刺激されたこともあって、私はシャキッと背筋を伸ばして、裏庭で薬草たちと向かい合っていた。

「まさかこんなにも早く株分けをすることになるなんて」

著しい速度で成長する薬草たちは、まだ移植したばかりとは思えないほど、凛《りん》とした姿を見せている。これほどまでに急激な変化を見せたのは、初めてのことだった。

絶滅危惧種に指定されるヒールライトは、栽培が難しく、株分けは細心の注意を払わなければならない。それなのに、順調に栽培が進むどころか、品質が向上していることに疑問を抱いてしまう。

私の魔力に反応した薬草を連れてきたといっても、栽培する場所を変えただけで、ここまで大きく変化するのだろうか。

前は水が多いだの、魔力が多いだの、土が硬いだの……。あちこちで文句を言うように葉を揺らしていたのに、今では嬉しそうに葉を揺らしていた。

「随分と良い子になったねー。ここの土はそんなに心地がいいのかな？　んー？　どうなんだい？過ごしやすいのかい？　うりゃうりゃうりゃ」

「まだ明るいんだから、それくらいにしておけ」

急に声をかけられ、ドキッ！として後ろを振り向く。

すると、見慣れた光景だな、と言わんばかりにリクさんが平然とした表情で立っていた。

ただでさえ薬草に話しかけると変な目を向けられやすいのに、まさか猫と遊ぶように戯れている姿を見られるなんて。

薬草よりも心地よく過ごしているのは、間違いなく自分だと悟った瞬間である。

やってしまった……という後悔だけが強く残っていた。

「ど、どうしてリクさんがここに？」

「喉《のど》が渇いていないかと思って、様子を見に来ただけだ」

きっと純粋に心配して、わざわざお茶を持ってきてくれたんだろう。

それなのに……うぐっ、タイミングが悪い。もっと真面目《まじめ》に株分け作業をしていればよかった。

少しばかり複雑な心境を抱きつつも、リクさんから温かいお茶を受け取り、ズズズッ……とそれを口にする。

いつもはこんなことしていませんよ、と言えたら、どれだけ楽だったろうか。実際には、いつもこんなことしてばかりなので、何も言い返す言葉が見つからない。

よって、この気まずい空気を変えるためには、話題を逸《そ》らすしかなかった。

「まだスイート野菜の栽培を始めたばかりですが、無事に育つと思いますよ」

「そのようだな。早くも野菜の芽が出たと、マノンが騒いでいたぞ」

マノンさんは裏山まで同行してくれているし、荒れ地を畑にするところから見ているから、早くもスイート野菜に愛着が湧《わ》いているのかもしれない。

「思った以上に栽培しやすい土地だったので、二週間程度で収穫できると思います。出だしは順調、と言ったところでしょうか」

「領民に協力してもらっている以上、出だしが重要だ。盛り上がりに欠けるだけでも、街の雰囲気が変わる恐れがある」

そういえば、ジャックスさんが言っていたっけ。旦那さまは私の実績にするつもりだ、と。

リクさんが街の雰囲気まで気にしているのであれば、きっと旦那さまと詳しい話をしているに違いない。

思わず私は、リクさんにグイッと顔を近づけて、真相を確かめることにした。

「それは旦那さまの意見ですか？」

「ま、まあ、そうだが」

「やはりそうですか。旦那さまは優しいですね。いつも気にかけてくださるような気がします」

「きゅ、急にどうした？　これくらいは普通のことだろ」

こっちが逆にどうしたのかと聞いてみたい。リクさんが領主さまでもあるまいし、そんなに顔を赤くする必要はないだろう。

「ずっと思っていることなんですけど、旦那さまがとても大切にしてくださっていると肌で感じるんです。こう……なんて言えばいいんでしょうか。すごく優しくありませんか？」

「そ、そうでもないぞ」

「そうでもありますよ！　貴族としての純粋な優しさがあるというか、人としての思いやりがあるというか、男気を感じるというか。ずっと気になっているんですよね」

会えないからこそ妄想が膨らみ、危ないことを言っている気がする。でも、真面目なリクさんだったら問題はない。

むしろ、私が好意的な印象を持っていると、旦那さまに伝えてくれるだろう。

あなたの妻は大切にされていると感じていますよ、と。

「よくそんなことを恥ずかしがらずに言えるな」

「薬草にも話しかけないと伝わりませんからね。人も言葉にしないとダメなんですよ」

「な、なるほどな」

おばあちゃんの教え理論で強引《ごういん》に納得させた私は、思い切ってリクさんに相談を持ち掛ける。

「旦那さまのために何かしたいんですけど、どうしたらいいですかね？」

「……いや、今のままで十分だ。薬草をしっかり育ててくれ」

旦那さまのためなら何でもします、とアピールしたつもりなのだが、なぜか照れたリクさんは目を逸らしてしまった。

ここまで言っても会わせてくれないとなると、会わせられない大きな理由があるのかもしれない。

私のことは定期的に連絡がいっているみたいなので、屋敷のどこかに旦那さまがいるのは、間違いないだろう。

旦那さまが重病で寝込んでいるのか、化け物公爵と呼ばれていることに強いコンプレックスを抱いているのか、それとも別の問題があるのか……。

思い切って聞いてみようかな、と思っていると、急にリクさんが胸を押さえて座り込んでしまう。

「リクさん！　大丈夫ですか⁉」

「ぐっ、心配するな。ハアハア、大したことはない」

玉のような汗を流すリクさんは、とても大丈夫そうには見えない。急激に持病が悪化したかのように、呼吸が荒くなっていた。

「悪いが、ジャックスかマノンを呼んできてくれないか？」

「えっ？　薬師の亀爺さまではなくて、ですか？」

「ああ。他には知らせなくていい」

「わかりました。ちょっと待っていてください」

僅かに違和感を覚えつつも、獣人同士にしかわからないものがあると思い、考えることをやめた。

どちらかといえば、体調が悪そうなリクさんを置いていく方が心配だが、こればかりは仕方ない。

私が薬草を煎じるにしても時間がかかるし、今は人手が必要だろう。

リクさんに背を向け、庭で洗濯しているであろうマノンさんの元へ向かった。

しかし、すべて洗濯物を干し終えたみたいで、彼女の姿は見当たらない。その代わり、ちょうど野菜畑から帰ってきたジャックスさんを屋敷の入り口で発見する。

「ジャックスさん！　手を貸してもらえませんか！」

大きな声を出したことに疑問を抱いたのか、すぐにジャックスさんが来てくれた。

急いで事情を説明して、ジャックスさんと一緒に薬草菜園に戻ってくると……、いったい何があったのか。

裏庭にいるはずのリクさんの姿がどこにも見当たらなかった。

まるで何事もなかったかのように、薬草が風でユラユラと揺れている。

「あれ？　リクさんがいない。ついさっき体調が悪くなって、座り込んでいたんですけど」

「……わかった。この件は俺が対処しよう。嬢ちゃんは気にしないでくれ」

目の前でリクさんの苦しむ姿を見ているだけに、気にしないなんて無理な話だ。

ジャックスさんの神妙な面持ちを見れば、これが異常事態なんだとすぐにわかる。

「本当に大丈夫なんですか？」

「まだ大丈夫だ。念のため、嬢ちゃんは屋敷の中で過ごしてくれ」

「……わかりました」

困らせるわけにもいかないと思い、ジャックスさんの指示通り、私は屋敷の中に戻ることにした。

まだ大丈夫、その言葉が何を指しているのか、不安に思いながら。

＊＊＊

リクさんの姿を見ないまま、一日の終わりを迎えようとしていると、私はあまりの居心地の悪さに眠れず、ベッドの上で何度目かの寝返りを打っていた。

虫の鳴く声や草木が風で揺れる音が一切なく、妙に静かで不気味な印象を受けるのは、嫁いできてから初めてのこと。窓から差し込む月明かりすら怪しく見えてしまい、目がさえる一方だった。

「本当に大丈夫なのかな、リクさん」

忽然《こつぜん》と姿を消したリクさんは、ジャックスさんの情報によると、無事に見つかって休養しているらしい。

近くを通りかかった侍女がリクさんを部屋に運んだらしく、大事には至らなかったそうだが……、どうにも胡散臭《うさんくさ》い。

神妙な面持ちをしていたジャックスさんと、苦しそうな表情をしていたリクさんを見ている私は、その説明で納得できなかった。

「あの時、わざわざジャックスさんかマノンさんを呼ぶように言われたのに、通りがかりの侍女が助けるなんて」

私が肩を貸して部屋に運んでいても同じだったのでは?と、深く考えてしまう。

今日は屋敷がピリピリとした雰囲気だったたし、夜になった今でも騎士たちは街に出かけている。

夜ごはんは侍女が用意してくれたものの、どことなく落ち着かない様子をしていたため、何かが起こっているのは、一目瞭然だった。

こんな時はマノンさんに聞きやすいが、すんなりと教えてくれるはずもない。

『奥方、今日はもう寝よう。明日も朝が早い』

動揺したマノンさんが早く寝かせようとしてくるので、様子が変だと思わざるを得なかった。

当然、そんな気持ちで眠れるはずがない。モヤモヤした気持ちが膨らみ続けて、悪いイメージが浮かんでしまう。

このまま余計なことを考え続けるより、気晴らしでもした方がいいのかもしれない。

「さすがにみんな寝ついた頃だし、薬草を見に行こうかな」

ベッドからゆっくりと起き上がった私は、月明かりを頼りに裏庭へ向かった。

思っている以上に寒いなーと思いつつも、音を立てないように廊下を歩き進める。

そして、裏口の扉を開けて、薬草菜園にたどり着くと、信じられない光景を目の当《ま》たりにした。

月明かりに照らされた薬草の魔力が金色に輝き、それが雪のようにゆっくりと地面に降《ふ》り注《そそ》いでいる。

何度も子供の頃からおばあちゃんと眺めているが、こんな現象は見たことも聞いたこともない。

この地を祝福するような神々しい光に、言葉を失ってしまった。

しかし、私がもっとも驚いたのは、それではない。

この光景を作り出したと言わんばかりに、金色のオーラを放つ狼の魔獣がいるのだから。

「子供の頃に見た、怪我《けが》をしていた魔獣……かな？」

おばあちゃんが亡くなった頃、煎じた薬草を前脚に塗ってあげた魔獣にそっくりだった。

こうして魔獣の姿を見ていると、遠い過去の記憶が蘇《よみがえ》ってくる。

もし同じ魔獣だったら、覚えてくれているのかな……と期待する気持ちはあるが、無闇《むやみ》に近づくべきではない。危険な存在であることくらいは、容易に想像がついた。

でも、どうしてもこの魔獣に興味を抱いた私は、ジーッと観察してしまう。

すると、薬草の香りをクンクンと嗅いだ魔獣は、ゆっくりとそれを口にした。

「狼の魔物なのに、薬草を食べるんだ」

現実離れした光景が目に映り、逆に冷静になってしまう。

仮にこの魔獣が肉食だったら、食べられるのは私であり、今すぐ逃げるべきなのだが……もうちょっと見ていたい。

呑気《のんき》にそんなことを考えていると、私の気配に気づいたのか、ゆっくり振り向いた魔獣と目が合った。

その吸い込まれそうな深紅の瞳に、ゴクリッと息を呑む。

本当に殺されるかもしれない。早くここから逃げるべきだ。そうわかっていても、魔獣の瞳から目が離せず、体が動かせなかった。

「……」

しかし、魔獣は気にした様子を見せない。また薬草の香りを確認して、ゆっくりとそれを食べ始める。

そんな光景をしばらく見ていると、魔獣が神秘的なオーラに包まれていることもあり、不思議と危険な生き物とは思えなくなっていた。

「そういえば、子供の頃に触れた魔獣も暴《あば》れなかった気がする。煎じた薬草を塗り込んでいる時でさえ、大人しくしていたっけ」

子供の頃の記憶を思い出し、無害な生き物なのでは？と思い始めた私は、結局、興味本位で近づいていく。

決して薬草菜園を守りたいと正義感が働いたわけではないし、子供の頃に治療した魔獣なのか確認したかったわけでもない。

この屋敷に嫁いできて、獣人たちと過ごし続けた私は、ずっと我慢していたことが一つだけあった。

すぐ近くまで来ても気にした様子を見せない魔獣に対して、思い切って体を預けてみる。

ばふんっ

「うわぁ、もっふもふ……」

人族にはないもふもふの毛並みは、私の体を優しく包み込んでくれる。

獣人たちの耳や尻尾《しっぽ》を触ると怒られると、マノンさんに教えてもらったので、今までずっと触れられなかった。でも、この魔獣は嫌がる様子を見せない。

触っても、撫《な》でても、優しく抱き着いても。何をしても怒る気配がなく、薬草を食べることに夢中だった。

私ももふもふに夢中になっているが。

「やっぱりあの時の魔獣で合ってるのかな。前脚の付け根に怪我の痕があればそうだけど、うーん……」

毛繕いをするように毛をかき分けていると、僅かに毛の生え方が薄い場所を発見する。

その形をよーく観察したところ、あの時の魔獣が負っていた傷口とそっくりだった。

どうやらこの子は、子供の頃に会った魔獣で間違いなさそうだ。触っても大人しいのは、害のない人族だと認識してくれているからかもしれない。

「怪我が綺麗に治ってよかったね。私のこと、覚えてくれているのかな」

子供の頃に戻ったような気持ちで、もふもふした毛並みを優しく撫でていると、急に魔獣がピクッと反応して、距離を置くように跳躍した。

怒らせたかな……？　と心配になって見つめるが、どうやらそうではないらしい。魔獣は別れを伝えるように振り返り、闇夜《やみよ》に消えていった。

そして、この場には金色に輝くようになった薬草、ヒールライトだけが取り残されている。

「やっぱりあの魔獣が何かしたのかもしれない。こんなにも薬草が綺麗に輝くなんて、見たこともないんだけど」

薬草が悪影響を与えられた様子はない。魔獣の被害にあったのも、たった数本だけなので、今後の薬草栽培に支障はきたさないだろう。

問題があるとすれば、魔獣という存在についてだ。

もしあの魔獣の餌が薬草であり、ヒールライトを求めてやってきたのだとしたら、大きな騒ぎに繋がる恐れがある。

領民や騎士に見つかれば、平穏な暮らしを守るために、魔獣と戦闘が起きる可能性が高い。今回も魔獣と意思疎通ができたとは思えないし、暴れない保証はどこにもなかった。

「無害だったらいいんだけど、なかなかそううまくはいかないよね……。薬草が魔獣を引き寄せた可能性だってあるんだし」

薬草に魔力が満ちた今の状態が、周囲にどういう影響を与えるのかはわからない。ヒールライトが原因で、この街に火種を生む恐れがあると考えるだけでも、憂鬱《ゆううつ》な気分になってしまう。

薬草を育てることは、旦那さまが必要としていることであり、おばあちゃんとの約束でもある。

しかし、薬草の育て方だけを教えられた私には、本当に安全なものなのかどうか、判断できなくなっていた。

考えてもわからない答えに戸惑いながらも、ふと星空を見上げると、おばあちゃんの言葉を思い出す。

『我が家に受け継がれてきた薬草だけは、絶対に絶やしてはならないよ。レーネは薬草を育てるために生まれてきたんだからね』

子供の頃に交わした、おばあちゃんとのたった一つの約束。

記憶が薄れた今頃《いまごろ》になって、本当はもっと伝えたいことがあったのではないか、そう考えてしまう。

心優しいおばあちゃんが『絶対に絶やしてはならない』と、強い言葉を使うとは思えない。そうまでして、私に薬草を作らせなければならなかった理由があるのだとしたら……。

あの魔獣と薬草は、何か関係があるのかもしれない。

「子供の頃、あの地に魔獣が顔を出したのは、おばあちゃんを弔うためだったのかな」

さすがに深く考えすぎかな、と思いつつ、金色に輝く薬草を眺める。

薬草栽培にこだわる旦那さまは、何か知っているのだろうか。アーネスト家とベールヌイ家は、深い関わりを持っている可能性もある。

すべて推測の域にすぎないが、なんとなく今回の出来事が偶然ではないような気がする、そう思わずにはいられなかった。

幕間 ✦ 消えゆく希望（アーネストside）

レーネがスイート野菜の栽培を始めた頃、アーネスト伯爵は王都に到着していた。

腐敗した薬草の補助金をもらうため、国王に謁見を求めると、数時間ほど待たされただけで、その願いは聞き入れられる。

あまり人前では見せることのない冷淡な表情を浮かべる国王と、怯《おび》えるようにうつむく大臣の元へ、と……。

「其方《そなた》の謁見ということは、薬草のことであろう」

「はっ。さすが陛下。よくおわかりになりましたね」

以心伝心とも思える国王の言葉に、アーネスト伯爵は気を緩めた。

本来なら、急に謁見を求めても認められることはない。最低でも一週間は街に滞在し、国王のスケジュールに都合を合わせる必要がある。

しかし、アーネスト伯爵が待たされたことは一度もない。多忙な国王が時間を作ってまで会おうとするため、自分は特別扱いされているものだと確信していた。

「其方が余を訪ねるとしたら、薬草のこと以外にあるまい。で、アーネスト家で栽培している薬草はどうなった？」

「最善を尽くしているのですが、八年前に先代が急死した影響が大きく、まだうまくいきません」

「今年も不作、ということか……」

「力及ばず申し訳ありません」

国王の大きなため息を聞き、アーネスト伯爵は頭を下げる。が、謝罪の気持ちなど、そこには存在しない。

今まで不作になればなるほど補助金が膨れ上がり、アーネスト伯爵の懐《ふところ》に大金が入っている。

薬草の収穫量に反比例するように、金額が吊《つ》り上がっていた。

今回のように薬草菜園が壊滅するような被害が出れば、補助金が跳ね上がることは目に見えている。

国からの支援という名目で、返す必要のない大金が手に入ろうとしていた。

いつ緩んでもおかしくない口元を引き締めることだけに集中し、アーネスト伯爵は頭を上げる。

「薬草が破滅の道へ進んでいるように思えますが、今年度は違います。飛躍の年になりましょう。それゆえに、今まで以上に王家に支援いただけると心強いと思っております」

「ならん」

「さようでございますか。ありがとうござ……はい？」

予想外の言葉が耳に入り、アーネスト伯爵は唖然とした。

国王に特別扱いされていて、わざわざ声をかけられるほどお気に入りの自分が願いを申し出たにもかかわらず、二つ返事で断られてしまったのだ。

「ならんと言ったのだ」

それも、罪人でも見るかのような冷酷な瞳《ひとみ》で見下ろされながら。

「薬草が不足することによって、高騰するのは仕方のないことであろう。自然を相手にする以上、不作や豊作の年があるのも納得がいく。しかし、国が補助金を出しているにもかかわらず、生産量が落ち続けているのは、どういうことだ」

国王の鋭い目つきに、思わずアーネスト伯爵はゴクリッと喉《のど》を鳴らす。

「その、最善を尽くしているのですが……」

「今までどのように取り組み、どのような変化があり、どうして生産量が落ちたのか、説明しろ」

「そ、それはですね。なんと言いますか、非常に難しい内容でして、すぐに言葉にするのは……」

「できぬと申すのか？　今年度は飛躍の年になると言い、今まで以上に金を出せと要求したにもかかわらず、説明できぬと申すのか！」

国王の怒りに満ちた声を聞いても、アーネスト伯爵は言葉が出てこなかった。

なぜなら、現状はもっと悲惨な状況を迎えているのだから。

このタイミングで薬草がすべてダメになったと、伝えられるはずがない。いくら魔物のせいだと訴えても、責任を取らなければならないだろう。

魔物の被害が少ない地域ゆえに、その対策は難しくない。下手に言い訳をすれば、自分の首を絞めかねない状況に陥《おちい》っていた。

呆《あき》れ返《かえ》る国王の大きなため息が、そのことをよく物語っている。

「もっと早く疑いの目を向けるべきだった。建国から国を支えてきたアーネスト家が、まさかここまで落ちぶれるとは。やはり、アーネスト家の当主の座を女性が守り続けてきたのは、何か意味があったのかもしれぬ」

国王の態度を見て、さすがにアーネスト伯爵も気づき始める。

特別扱いされていたのは、自分ではなく、アーネスト家ではなかったのか、と。

古い伝統に縛られる必要はありません、などと口答えできたら、どれだけ楽だったか。下手なことを口にすれば、首が飛んでもおかしくないほど、謁見の間は緊迫した空気に包まれている。

そんな中、今まで話を聞いていた大臣がゆっくりと手を挙げた。

「陛下。確か、アーネスト家の正統な血を引いたご息女がいらっしゃったはずです。今からでも遅くありません。陛下の権限を使い、当主の座を――」

「違います、陛下！　そのアーネスト家の血を引いた娘がすべての元凶なのです‼」

もはや、アーネスト伯爵に取るべき手段は一つしかない。レーネにすべての責任を押し付け、身の潔白を証明しなければならなかった。

たとえ、それが嘘《うそ》偽りで塗り固められたものであったとしても。

このままでは、補助金がもらえないどころか、国王の逆鱗《げきりん》に触れる恐れがあるのだから。

「何も答えられない貴様の言葉を信じろと言うつもりか？」

「しかしながら、今まで娘のレーネに補助金を渡し、薬草の維持に努めてきた所存でございます。私は補佐に徹していただけであり、すべては結果を出せなかったレーネが悪いのです」

「ほう……。すべては当主の貴様ではなく、アーネスト家の血を引く者が悪いと申すのか」

国王の言葉の意味がわからないほど、アーネスト伯爵は馬鹿《ばか》ではない。

本来なら、当主がすべての責任を負うのは、当たり前のこと。罪を押し付けるなど、あってはならないことなのだ。

しかし、アーネスト伯爵は怯《ひる》まない。もう後戻りできる道など存在しなかった。

「その証拠と言っては何ですが、本人もアーネスト家に残るつもりはなく、化け物……ベールヌイ公爵の元に率先して嫁いでいきました。レーネは業績だけを悪化させ、遠方の地へ逃げたのです！」

「ベールヌイ家、マーベリックの元か。確かあそこは、ふーむ……」

ベールヌイ公爵の名前を出した瞬間、国王の表情がガラリッと変わる。

真っ黒な噂《うわさ》が流れる化け物公爵に嫁いだとなれば、レーネの印象も悪くなるだろう。そう考えて言ったアーネスト伯爵の言葉は、予想以上に場の空気を変えていた。

「そこまで言うのであれば、其方の言い分を聞き入れよう」

国王さまの意見がコロッと変わり、不敵な笑みを浮かべさせるほどに。

「ありがとうございます！　私がアーネスト家の繁栄を誓いましょう」

「無論、今年中に結果を出すのであろうな？」

「も、もちろんでございます！　我が娘、カサンドラは豊穣の女神に愛されており、薬草に好まれております。必ずや立派な薬草を育ててくれることでしょう。それゆえ、補助金をいただければと思っておりまして……」

まだやり直せる。不作の原因を作っていたレーネを追い出し、聖女であるカサンドラが後を継いだとなれば、今年の豊作は約束されているようなもの。

結果さえ出せば、まだやり直すことはできるのだ。

しかし、それをするには金がない。今までもらった補助金は、妻に高価な宝石を贈り、娘に新しいドレスを買い続け、王都に来る度に立ち寄る娼館《しょうかん》でパーッと使い果たしてしまっている。

無論、レーネを売却した多額の金など、もう手元には残っていない。補助金が下りることを前提にしていたため、すでに豪遊した後だった。

このままでは、薬草栽培に支障をきたしてしまう。毒地と化した薬草菜園の後処理、魔物対策、新しく畑を開拓するなど……今はとにかく人手が必要になり、人件費がかかる。

国からの支援がなければ、すぐに結果を出すのは、絶望的だった。

「では、こうしてやろう。今年中にアーネスト産の薬草を増やすことができれば、望む限りの補助金を出し、これまでのことは不問とする。だが、もしもできなかった場合、今までの補助金を全額返却し、爵位を返還してもらおう」

「なっ⁉　す、すべての補助金の返却に、爵位の返還ですと⁉」

「当然であろう。民が納めた税金で、幾度となく多額の補助金を渡していたのだ。あれほどの金を簡単に使い切れるはずもあるまいし、誰《だれ》かが責任は取らねばならんであろう。それとも、何か文句でもあるのか？」

「……いえ。ご、ございません」

交渉の余地がないことに気づいたアーネスト伯爵は、潔く身を引く。

もはや、聖女であるカサンドラに運命を託すしか道は残されていなかった。

大丈夫だ、カサンドラなら絶対にできる。そう自分に言い聞かせて、謁見の前を後にする。

この日、突然の出来事で焦《あせ》るアーネスト伯爵は気づかなかった。

下手な言い訳で国王の信頼が回復できるはずがないことを。そして、アーネスト家の正統な血を引く者が嫁いだ場所は、王家と関《かか》わりが深い公爵家であったことを。

不敵な笑みを浮かべる国王の真意を、彼が知る由もない。

第四章 ✦ かけがえのない時間

　金色に輝く魔獣が現れてから、一週間が経《た》つ頃。

　薬草菜園を眺める私の前に、何事もなかったかのようにリクさんがやってくる。

「朝ごはんの準備ができたぞ」

「あっ、はい。すぐ行きます」

　あの日、体調不良で姿を消したリクさんの身に何が起きたのかはわからない。翌日に姿を現した時にはケロッとしていて、いつも通り朝ごはんを用意してくれていた。

　本当に大したことなかったのかもしれないし、何か隠しているのかもしれない。でも、リクさんが話したくなさそうだったので、深く追求しないようにしている。

　私も実家のことを聞かれたくないし、嫁いできた理由を話していない。自分が嫌だと感じることを、リクさんに強要しようとは思わなかった。

　まあ……今はもう一つの変化の方で頭を悩ませている、というのも影響しているが。

「リクさんの言った通り、本当に金色に輝き始めたなー」

　魔獣の影響を受けたみたいで、薬草の品質が向上して、一段と立派な姿に成長している。今では実家で管理していた薬草菜園と同じ規模まで広げていて、豊作の兆しが見えていた。

　そろそろ薬草を収穫したり、領内に出荷したりと、この地に住む人たちに還元できるだろう。魔

力を豊富に含んでいる良い薬草なので、きっと旦那さまも薬師の方々も喜んでくださると思う。

このまま良い方向に向かってくれたら、私も嬉《うれ》しい。でも、魔獣のことを考えると、不安で仕方がなかった。

ヒールライトの魔力に魔獣を引き寄せる作用があるとしたら、大変な事件が起こりかねない。確証のないことなので、今は薬草の僅かな変化も逃さないようにして、栽培を続けている。

おばあちゃんに頼ることができない以上、栽培者である私がしっかりしないといけないから。

のびのびと過ごす薬草たちは、風に揺らされて楽しそうに過ごしているけど。

「君たちは呑気《のんき》だねー。スイート野菜みたいにわかりやすいと、もっと楽に栽培ができるのに」

裏山の野菜畑に関しては、周囲一面に白菜・大根・カボチャなど、様々なスイート野菜が顔を出し始めている。

領民たちが頑張ってくれていることもあり、順調に栽培が進んでいた。

『おい、早くもこんなに実り始めたぞ』

『初年度で豊作かよ。しかも、昨日より一回り大きくなっていないか?』

『そんなわけないだろ。でかくなっているわけが……でかいな』

領民たちのやり取りが微笑《ほほえ》ましく感じるのは、私がこの地の生活に馴染《なじ》み始めているからかもしれない。

毎日の草抜きだったり、休憩中の会話だったり、風よけ作りだったりと、みんなで一つの目標に向かって働いているため、自然と親交が深まっている。

その影響もあってか、栽培する光景を絵に描き、街で伝える人まで出てきていた。

公爵家が新しく始めた事業に、嫁いできたばかりの公爵夫人が関《かか》わっているため、街の人たちも気になっていたんだろう。

瞬く間にその話が広がり、変な噂《うわさ》が流れ始めていた。

この地に豊穣の女神さまが舞い降りたのではないか、と。

間違っても『お嬢』というあだ名が定着した私のことを表しているわけではない。ベールヌイの地は作物の栽培に適しているので、女神さまが祝福を与えてくださっているだけだと思う。

「大地の祝福に感謝を」

よって、豊穣の女神さまに感謝を申し上げると共に、このままスイート野菜も薬草も元気に育つようにと、ちゃっかりお願いをしておいた。


そんなこんなで今日も裏山に訪れた私の目の前には、見違えるような光景が広がっている。

およそ一週間前まで荒れ果てた土地だったのに、今は違う。旬のスイート野菜がぐんぐん育ち、近日中に収穫できると思われるほど青々としていた。

これには、雑草と戦い続けた領民たちも、微笑ましい表情を浮かべて眺めている。

「日に日に成長する姿を見ていると、愛着が湧《わ》いてくるよな」

「わかるぜ。今日はここに泊まって、我が子の成長を見守るか？」

「やめてくれ。お前のイビキで枯れ果てそうだ」

そこはスイート野菜の心配よりも、自分の体を心配してほしい。風邪を引いたら、野菜畑で働くこともできなくなってしまうから。

温かい目で見守る彼らを横目に、私はスイート野菜に水やりをする。

ここまでスイート野菜が成長していたら、水と魔力量を間違えない限り、枯れることはない。後は私次第……と、言いたいところなのだが。

どうにも雨よけを作っているグループを見ると、そうも言っていられない状況だった。

「あぁ〜、もう限界。さすがに力が入らないわ」

「魔物の皮、相当硬いよね。針がうまく通らないよ」

「みっともないねえ。もうちょっとシャンッとしな、シャンッと」

相変わらず強気なお婆《ばあ》ちゃんが中心になり、みんなを引っ張ってくれているが、思った以上に作業が進んでいない。

もっと早く完成する見込みだったけど、野菜畑の規模が大きすぎることもあって、まだ六割程度しか作れていなかった。

軽い小雨くらいなら、私が地面を乾燥させれば、栽培に悪影響が出ることはない。

でも、大雨が降ったら……と考えると、できるだけ早く完成させておきたかった。

今は空を見上げても、雨が降る気配はない。しかし、長年の経験から危険を感じてしまう。

「奥方、どうかした？」

浮かない顔で空を見上げていると、マノンさんが心配して声をかけてくれた。

感覚の鋭い獣人の方が天候の変化に気づきやすいと思っていたけど、そうではないみたいだ。

「空気が変わった気がするんです。マノンさんは何か感じませんか？」

「んー……別に。森の香りがするだけ」

それならいっか、と楽観的になれたら、少しは気持ちが楽になったかもしれない。しかし、スイート野菜をよーく観察してみると、顕著に反応していた。

雲一つない青空の下で、風が吹いていないにもかかわらず、敏感な植物たちが葉の魔力を根に集め始めている。

何かが起こる前触れなのか、それとも、嵐《あらし》が来る予兆なのか。この地で栽培した経験がないから、断言することはできないが……。

私の経験では、嵐が来る可能性が高い。嫌な空気が流れ込み始めている。

キョトンッとしたマノンさんが首を傾《かし》げているので、私は心配させないように笑みを浮かべた。

「一応、雨よけを早く完成させるようにしましょうか。裁縫に不慣れかもしれませんが、男性の皆さんにも手伝ってもらいましょう」

収穫間際《まぎわ》に天気が荒れないことを願いつつ、雑草を抜こうとしていた領民たちを集めるのだった。

＊＊＊

分厚い雲に覆《おお》われた翌朝、私はリクさんと一緒に風で揺れる薬草を眺めていた。

「今夜は荒れるかもしれないな」

「やっぱりそう思いますか……」

薬草を見ても、空を見上げても、空気を肌で感じても、徐々に嵐が近づいていると察してしまう。

嫌な予感は当たるとよく言うものの、今日ばかりは外れてほしかった。

スイート野菜の収穫時期と重なったことで、大雨や突風による大きな被害が予測されている。

もう少し嵐が遅れてきたら、先にスイート野菜を収穫できただけに、やるせない気持ちで胸がいっぱいだった。

どれだけ強く願ったとしても、自然災害が避けられるとは思えない。

それでも、最小限の被害であってほしいと願わずにはいられなかった。

「街に大きな被害が出ないといいですね」

「すでに騎士団をいくつかのグループに分け、街に派遣している。年老いた者や病弱な者に手を差し伸べないと、大変なことになるからな」

この街は魔物災害がある影響か、防災意識が高いんだろう。朝から屋敷も大騒ぎで、みんながテキパキと動いて対処していた。

普段はおっとりしている侍女たちも、木の板で窓を塞《ふさ》いだり、風で飛ばされそうなものを中に入れたりと、忙《せわ》しない。いつものように賑《にぎ》やかな朝ごはんの時間を過ごすこともなく、軽食を済ませた者から仕事に取り掛かっている。

私もマノンさんの手が空いたら、急いで野菜畑に向かう予定だ。

今日ばかりは無事に成長している薬草よりも、大きく実ったスイート野菜を心配してしまう。

「騎士団も忙しいのであれば、野菜畑まで手が回りそうにありませんね……」

「人材を確保するのは難しい。だが、できる限り声をかけるつもりでいる」

「わかりました。何とか嵐が来る前に、防災対策が間に合うよう努力してみます」

領民たちを雇用しているとはいえ、無理強いをさせるわけにはいかない。彼らにも生活があり、家族を守る義務がある。

野菜畑を二の次に考えるのは、仕方ないことかもしれない。これには、裏山で栽培している弊害もあるだろう。

騎士やマノンさんの手が空かないと、私も領民も野菜畑に向かうことができない。こんな日はあちこちで人手不足に陥《おちい》っているため、もう割り切るしかなかった。

リクさんも同じような気持ちみたいで、ずっと浮かない表情を浮かべている。

「悪いな。嵐で農作物に被害が出る可能性を考慮していなかった。裏山の方が地盤が緩く、被害は大きくなりやすいだろう」

「いえ、リクさんが気にするようなことではありません。仮に街の中で栽培していたとしても、うまく嵐に対処できるかどうかはわかりませんから」

肝心の雨よけもまだ完成していないし、私もここまで大きな嵐が来るとは想定していなかった。

ハッキリ言って、不安要素が大きく、無事にやり過ごせるとは思っていない。野菜畑が半壊で済めば、被害は少ない方だと思っている。

「薬草は大丈夫そうか？」

「こっちは問題ありません。屋敷から様子を見ながら対処できますし、魔法で防ぐこともできますので、心配不要です」

薬草菜園用の雨よけは完成しているため、嵐の被害を受ける可能性は低い。おばあちゃん直伝の強靭《きょうじん》な雨よけを設置すれば、嵐に負けることはないだろう。

もしもの時は、風魔法を使った捨て身の防風壁を展開すれば、被害を最小限に抑えられる。

たとえ大雨でびっしょりと濡《ぬ》れたとしても、屋敷ですぐに湯浴《ゆあ》みができるので、薬草菜園は守り通せる自信があった。

「植物を育てていれば、遅かれ早かれ自然災害はやってきます。あまりクヨクヨしていても仕方ありません。何とか乗り切りましょう」

「そうだな。まずは無事にやり過ごすことを考えるが……。今回の嵐が落ち着いたら、一度ゆっくりと話し合おう」

「ん？　別に構いませんが」

嵐が落ち着いた後にリクさんが話し合いたいことって、体調不良の件についてかな。無理に聞き出すつもりはないんだけど。

そんなことを考えていると、マノンさんの手が空いたみたいで、遠くの方からやってくる姿が見えた。

「じゃあ、私は裏山で野菜畑の対処をしてきます」

「頼む。俺《おれ》もできる限り急いで裏山に向かう。うまく雨よけが設置できたら、今夜はそこに泊まって様子を見るつもりだ」

「風で破れることもあるので、夜間に雨よけの修理をお願いできるとありがたいですが……、本当に大丈夫ですか？　近場といっても、山ですよ？」

「それくらいのことはさせてくれ。どのみち土砂崩れが起きないように注視しておきたいからな」

そう言ったリクさんが背を向け、走り去っていく姿を見て、ふとあることに気づく。

「あれ？　リクさんの尻尾《しっぽ》、あんな色だったっけ？」

綺麗《きれい》な銀色の毛並みが印象的だったのに、金色の毛が見え隠れしている。

最近は朝晩の冷え込みが厳しくなっているから、毛の生え変わり時期を迎えているのかもしれない。

獣人特有の変化のように思えるが、近づいてきたマノンさんには、そんな様子が見られなかった。

「奥方、どうかした？」

「……いえ、何でもないです。早く裏山に向かいましょう」

少しばかり気になったものの、些細《ささい》な問題だと思い、すぐに気持ちを切り替える。

優先すべきことは、獣人の毛並みではなく、野菜畑の対処をすること。防災対策が間に合わないと、全壊する恐れがあった。

嵐も近づいているため、できる限りの範囲で対処しようと思いつつも、私はいつも持っていかないリュックを担《かつ》ぐ。

これを使わずに対処できたらいいんだけど……、そう思いながら。

＊＊＊

大きなリュックを背負って野菜畑にたどり着いた私は、目の前の光景に驚きを隠せなかった。

「誰《だれ》かこっちの骨組みを手伝ってくれ」

「杭《くい》で固定しないと飛ばされるぞ」

「この雨よけ、穴が開いてねえか？」

少数の騎士が警備する中、大勢の領民たちが防災対策の作業を始めている。慣れない作業に苦戦しながらも、必死に協力して野菜畑を守ろうとしていた。

まだスイート野菜の栽培を始めたばかりの彼らが、ここまでしてくれる意味がわからない。

公爵家が管理している以上、野菜畑を嵐から守るのは私の役目なのに、いったいどうして……。

予想外の光景を目の当《ま》た《あ》りにして、呆気《あっけ》に取られていると、ジャックスさんが近づいてくる。

「遅かったな。もう始めちまってるぞ」

「あっ、はい。全然構わないんですが、皆さんは大丈夫なんですか？　先に街で嵐の対策をしないと、雨風が凌《しの》げなくなりますよ」

「心配ないさ。ここにいるのは、自宅を追い出された連中だからな」

「自宅を、追い出された……？」

「嬢ちゃんが心配しているように、こいつらも心配で落ち着かなかったってことさ」

ジャックスさんの言葉を聞いて、心のどこかでホッと安心するような温かい気持ちが芽生え始めていた。

嵐が来るとわかれば、自宅の防災対策を優先するのは、当たり前のこと。窓が割れたり浸水したりしないように注意して、自分と家族を守る必要がある。

だから、領民たちが野菜畑に来ることはない。そう思っていたけど、現実は違った。

野菜畑を守るために、大勢の人が来てくれている。慣れない作業に戸惑いながらも、何とかしようと必死に雨よけを取り付けてくれていた。

たったそれだけのことが嬉しいと思う私は、おかしいのだろうか。野菜畑を心配していたのは、自分だけではなかったと知り、失われていた感情が蘇《よみがえ》ってくる。

おばあちゃんと一緒に薬草栽培をしていた時も、こんなふうに温かい気持ちで過ごしていたなー、と。

「おっ、やっとお嬢が来たな。こっちの立て付けをチェックしてほしいんだが」

「待て待て。先に正しい雨よけの取り付け方を教わるべきだろう」

「雨よけの強度も一緒に確認してもらった方がいいんじゃねえか？」

子供の頃と大きく違うのは、私がみんなを引っ張る立場にいること。いつまでも感傷に浸っている時間はなかった。

みんなの想《おも》いで胸が熱くなった私は、嵐に負けないように身を引き締める。

農家の経験者も少ないし、防災対策の準備が万全にできているわけでもない。大きな嵐が来るのであれば、直さなければならない部分が多すぎるだろう。

完璧《かんぺき》な雨よけを作り上げるのは、おそらく不可能だ。

でも、一晩だけでも乗り越えられるような雨よけだったら、何とかなるかもしれない。

「いったん雨よけを組み立てるのは、最小限の人数に減らしましょう。先に雨よけの皮を繋《つな》ぎ合わせたいので、手分けして手伝ってください」

「しっかしよー、俺たちは不器用だからな」

「ひとまず形になれば大丈夫です。風下の負担になりにくい場所に使えば、一晩くらいは持ちますから」

「……わかった。お嬢がそう言うなら、やってみるとすっか」

嵐が来るまで、どれくらいの猶予があるのかわからない。それでも私たちは、一致団結して全力を注《つ》ぎ込《こ》むことにした。

＊＊＊

風が強く吹き始めた、昼下がりの頃。

みんなで懸命に作業を続けた甲斐《かい》もあって、ようやくすべての皮を繋ぎ合わせることができた。

正直にいえば、ぎこちない縫い方で心配な箇所が多い。しかし、天気の様子を見る限り、悠長に修復している時間はなかった。

予《あらかじ》め立てておいた骨組みに対して、覆うように雨よけを被《かぶ》せて、しっかりと固定していってもらう。

「みなさーん！　風上から順番に取り付けていってくださ〜い。とにかく無理に引っ張らず、いくつかに分けて張っていきますよー」

今回のような強度に問題のある雨よけでは、縫い目がほつれて破れやすい。そこから被害が拡大する恐れがあるため、野菜ごとに雨よけを立てて、風を受け止める面積を小さくしていた。

短時間で仕上げた雨よけなので、実際に設置してみないと、どんなふうになるのかわからない。

問題が見つかったら、臨機応変に対応しようと心に決めている。

「奥方、あっちが怪しい。破れそう」

「わかりました。先に修理しましょう」

目の良いマノンさんに雨よけの状態をチェックしてもらい、私が魔法を使って、糸がほつれている部分を修理する。

領民たちが雨よけを支える中、接合部分を火魔法で溶かして、水魔法で強固に接着させていく。

時間がかかる作業だけに焦《あせ》ってしまうが、魔力量を間違えたら、燃やしかねない。

一つのミスが命取りになるので、現場には緊張感が漂っていた。

本来であれば、公爵夫人である私がみんなを引っ張っていかなければならない立場にある。

しかし、全体を見渡して指示を出すのは、統率力のあるジャックスさんに任せていた。

「奥の作業が遅れているぞ。手の空いた騎士はそっちに回れ」

ジャックスさんの指示を受けて、周囲を警戒していた騎士も作業を手伝ってくれたり、土嚢《どのう》を積んでくれたりしている。

魔物も自然災害が怖いのか、嵐が近づいてくると現れなくなるらしい。そのため、警戒レベルを下げて、防災対策に手を貸してくれている。

誰もが一心不乱になり、嵐からスイート野菜を守ることだけを考えていた。

＊＊＊

焦る気持ちを抑えながら作業を続けていくと、ようやく終わりの目処《めど》が見えてくる。

ここまで順調に進めば、後は雨が降る前に取り付けられるとありがたい……と、思っていた時だった。

息を止めるほど強い突風が吹いたのは。

ビューッ！という音が耳に入り、思わず目を閉じる。それと同時に、組み立てに使っていた木材が吹き飛ぶような音が聞こえてきた。

薄目を開けて確認すると……大きな雨よけが宙を舞い、木の枝に深く突き刺さる光景が目に飛び込んでくる。

大きな穴が開くだけなら、まだ修理は簡単だった。しかし、革を繋ぎ留めていた糸が切れ、希望を打ち砕くようにバラバラにほどけていく。

先にしっかりと杭を打ち付けて、雨よけが飛ばないようにしておくべきだった。作業に支障が生じると思い、後回しにするべきではなかったんだろう。

でも、まだすべての雨よけが壊れたわけではない。分割に雨よけを立てていたことが幸いして、突風の被害は一か所しか受けなかった。

自然を相手にすれば、被害をゼロで抑えられる方が珍しい。植物を育てていれば、もっと酷《ひど》い被害に遭うこともあるんだから、これくらいの被害は想定の範囲内だ。

そんなことを思うのは、こういった光景を何度も目の当たりにした私だけにすぎない。

初めて野菜を作り、雨よけで守ろうとしていた領民の心は、いとも簡単に折れてしまっていた。

「……」

「……」

「……」

壊れた雨よけを作ったのは、自分かもしれない。もっと強く取り付けておけば、吹き飛ばなかったかもしれない。

そんな自己嫌悪に陥るくらいなら、励ましてあげればいいが……。人は何かの出来事を境に、凶悪な心を持ち始める時がある。

誰かのせいにした方が、自分の心が保たれるから。

この地の優しい人たちが、そういう行動を取るとは思えない。ただ、空に浮かぶドンヨリとした雲が、実家に住む家族《化け物》を思い出させる。

何より運が悪いと思うのは、手が空いたであろうリクさんが大勢の騎士を率いてやってきたことだ。

どうした？と言いたげな表情を見れば、領民たちが言い訳をしたくなるわけであって……。

いつ言い争いが起きても、不思議ではない状況が生まれていた。

野菜を育てる平穏な生活が、みんなと築いてきた信頼関係が、何気ない幸せな日々が、たった一度の嵐で壊されようとしている。

もしも領民たちが頑張って畑を守ろうとしていなかったら、こんな気持ちを抱かなかったかもしれない。

でも、もう遅い。この地の生活が好きだと自覚して、守りたいと思ってしまったのだから。

おばあちゃんと過ごした日常と重ねた私には、それがどうしても我慢できなかった。

少しでも早く重い空気を壊そうとして、屋敷から裏山に持ってきたリュックに駆け寄る。そこから大きな一枚の雨よけを取り出すと、両手いっぱいに広げてみせた。

自分にできる精一杯の笑みと共に。

「やっぱり一年目で雨よけまで作るのは、無理がありましたね。そんなこともあろうかと、予備を用意しておいたんですよ」

ホッと安堵《あんど》のため息を漏《も》らす領民たちを見たら、これでよかったんだと思う。みんなが心を持ち直してくれるのなら、これくらいは安いものだ。

「あ、焦らすんじゃねえよ。お嬢」

「突風はお嬢のせいじゃねえだろ」

「さすがにもうダメかと思ったけどな」

たとえ、サイズの合わない雨よけだったとしても、こんな非常時なら気づくことはない。どこに使う予定だった雨よけか、考える余裕なんてないはずだから。

場の雰囲気を壊さないようにと、遅れてきたリクさんと騎士たちに向かって、声をかける。

「またいつ突風が来るかわかりません。次は飛ばされないように早く取り付けましょう」

うまく笑えているかな、それだけが私の気がかりだった。

幕間 ✦ 偽り(リクside)

無事に野菜畑に雨よけが設置された日の夜。次第に雨が降り始め、嵐《あらし》が一歩ずつ近づいていた。

土砂崩れの危険がある野菜畑には、レーネや領民たちの姿はなく、屈強な騎士とリクが集まっている。

災害が起こらないか注視しながら、雨よけの中で待機していた。

「意外に頑丈なものだな。もっと慌ただしくなると思っていたんだが」

雨を弾《はじ》く音は聞こえるが、まだ雨漏《あまも》り一つしていない。縫い目がほつれる様子もなく、しっかりと風を受け止めているため、壊れそうな気配はなかった。

これから本格的に嵐が接近してくることを考えると、強風が吹き荒れたら傷み始めるかもしれない。

しかし、みんなで力を合わせて作った雨よけは、その強い絆《きずな》を示すかのように嵐に対抗している。

決して見た目がいいとは言えないが、どこか頼もしいと思わせるほど、丈夫な雨よけになっていた。

その光景を見たリクは、嵐よりも一人の少女のことを考え始める。

ベールヌイ家に嫁いできた、たった一人の不思議な少女のことを。

「不思議なものだ。あんな小さな体で大勢の人の心を動かすとは」

リクとレーネが初めて会ったのは、まだ半月前のこと。

ボロボロの服を身にまとい、虚《うつ》ろな瞳《ひとみ》で薬草を植栽する姿は、お世辞でも綺麗《きれい》な娘とは言えなかった。

どこからか迷い込んできた妖精《ようせい》のように、一心不乱に作業するレーネに対して、誰《だれ》もが疑問を抱くほど不思議な女の子だったと記憶している。

どうして貴族令嬢がボロボロなのか、どうして自分よりも薬草を優先するのか、どうしてそこまで無理をするのか。

問いかけてみたい気持ちはあるものの、誰も声をかけなかった。正確には、声をかけられなかった、と言った方が正しいだろう。

薬草を植え続ける小さな背中から、絶対に薬草を絶やさないと、強い想《おも》いが伝わってきたから。

そんなレーネの姿を見て、気を悪くした者はいない。今やベールヌイ家の公爵夫人として、新しい家族として、すっかり輪の中に溶け込んでいる。

「これが聖女の血筋なのかもしれないな」

リクが物思いにふけっていると、大雨に打たれたジャックスが雨よけの中に入ってくる。

土嚢《どのう》の一部が決壊していたため、修理に向かっていたのだ。

「被害の方はどうだ？」

「ダンナが心配する必要はねえよ。俺《おれ》たちだけでも何とかできるもんだぜ」

「そうか。ならば、このまま様子を見るか」

「どちらかといえば、こっちの方が問題かもしれないが」

そう言ったジャックスの後ろから、レインコートを着たマノンがひょこっと顔を出す。

レーネと共に屋敷にいるはずのマノンを見て、リクは驚きを隠せなかった。

「どうしてマノンがここにいるんだ？」

「奥方に、どうしても心配だから様子を見ていてほしい、と言われた」

「やはり気にしていたか……」

目を逸《そ》らしたリクは、裏山に到着した時のことを思い出す。

無事に雨よけを取り付け終えた後、領民と騎士たちが安堵《あんど》の笑みをこぼす中、レーネだけは無理に笑っているように見えた。

それが何を意味していたのか、リクにはわからない。ただ、レーネが何かに不安を抱いていたことは察していた。

こんな日くらいは傍《そば》にいてやった方がよかったかもしれない、リクがそう思うのも、無理はないだろう。

レーネが弱音を吐くことなど、今まで一度もなかったのだから。

ましてや、まだ本格的に嵐が来ていないとはいえ、マノンを走らせたことに疑問を抱かずにはいられない。

身内に危ない橋を渡らせてまで野菜畑を気にするのは、明らかに不自然だった。

ハッキリ言えば、レーネらしくない。いつものレーネなら、もっと身内を大切にするはず。

「奥方は優しい」

しかし、そんなリクの思いを否定するかのように、濡《ぬ》れた髪をタオルで拭くマノンが声を発した。

専属侍女として、誰よりも同じ時間を過ごすマノンが言うのなら、それが正しいのかもしれない。

嵐の中を走ることになっても、レーネの肩を持つマノンに対して、誰も反論することはできなかった。

「レーネの世話をしていて、何か困っていることはあるか？」

「ない。奥方は我が儘《まま》を言わないけど、顔に出るからわかりやすい。食事している時は、それが顕著」

誰もが納得する言い分を聞いて、思わずリクは何度も頷《うなず》く。

毎日レーネが食事を楽しみにしていることなど、今や誰もが知っていること。テーブルに食事を持っていくのが少し遅れるだけでも、ソワソワしてしまうほどだった。

レーネが皆に愛されるのも、時折見せる無邪気な子供のような姿と、裏表のない性格が影響しているに違いない。

ただ、今回の件に思うところがあるみたいで、髪を拭いていたマノンはタオルで顔を隠した。

「本当に奥方は嘘《うそ》をつくのが下手だ。自分を蔑《ないがし》ろにしてはいけないと、出会った頃に言っておいたのに」

うつむくマノンの言葉を聞き、リクは再びレーネのぎこちない笑顔を思い出す。

やっぱり何かを隠していたのではないだろうか。野菜畑で合流した時に感じた妙な雰囲気は、彼女なりに何かを誤魔化《ごまか》していたのかもしれない。

だが、いったい何を……。

リクがそう思っていると、他の雨よけの様子を見に行っていた騎士たちがやってきた。

「向こうの雨よけは、やけに頑丈だったな」

「あそこは心配いらないだろう。プロが作ったみたいにしっかりしていたぞ」

もしこの場にマノンが来ていなかったら、騎士たちの何気ない会話だと、誰もが聞き流していただろう。

しかし、精一杯の笑みを浮かべて、雨よけを広げるレーネの姿を思い浮かべたリクは違う。

急に胸がざわつき始め、一つの問題が頭によぎった。

もう一か所、雨よけが必要な場所があったのではないか、と。

その答えにたどり着いた時、リクは自分の中で何かが崩れていく感覚に襲われた。

マノンに言われるまで気づかず、不器用な笑顔を作っていたレーネの気持ちを察してやれなかった自分の不甲斐《ふがい》なさを痛感する。

何より、そんな状況に追い込んでしまった自分が許せなかった。

「今朝《けさ》、屋敷の裏庭で雨よけを設置していなかったな。クソッ、本当は予備なんて存在しなかったのか」

「最初から奥方が用意していたのなら、それを使えばよかった。わざわざみんなで作る必要はない」

悔しさが滲《にじ》み出るように顔を隠し続けるマノンは、レーネのぎこちない笑顔を見て、止めるに止められなかったんだろう。

嵐の被害を最小限に抑えるには、手段を選んではいられない。レーネの意志を汲《く》み取り、今までずっと黙っていたのだ。

――それなのに、俺は……。

後悔が溢《あふ》れるリクの前に、ジャックスは無言でレインコートを差し出す。

これから本格的に嵐がやってくることを考えたら、普通は屋敷に戻るなんて選択肢はない。

レーネが身を犠牲にしてでも野菜畑を守りたかったのなら、ここに残るべきだろう。

しかし、この場に残る屈強な騎士たちも同じ気持ちなのか、誰も止めようとする者はいなかった。

「急用ができた。後はここを任せる」

レインコートを受け取ったリクは、外へ飛び出していく。

雨脚が強くなる中、たった一人の少女の元を目指して。

第五章 ✦ 家族

大粒の雨と強風が吹き荒れる中、レインコートに身を包んだ私は、ずぶ濡《ぬ》れになりながら風魔法を展開していた。

嵐《あらし》の影響を受けないように、薬草菜園を風魔法で包み込み、外の世界と隔離している。

今のところ被害は出ていないが、薬草たちは不安な気持ちを抱いているみたいで、元気がなさそうだった。

凛《りん》として咲き誇るわけでもなく、ウトウトと眠るように揺れるわけでもなく、しょんぼりとしている。暗い嵐の夜を照らす金色に輝く魔力も、根に集めて身を守ろうとしているため、根本がぼんやりと輝く程度だった。

しかし、自然の脅威に対抗している身としては、その光にどこか温かみを感じている。

薬草たちが心配してくれているみたいで、ちょっぴり嬉《うれ》しかった。

「みんなを守るのが私の役目だから、気にしないで」

嵐に負けないように踏ん張っている姿を見せていれば、説得力はないかもしれない。

でも、広範囲に風魔法を展開するのは難しく、薬草菜園を見渡せる場所で使わないと、うまく制御できなかった。

中途半端《ちゅうとはんぱ》な風魔法で守ろうとすれば、大きな被害をもたらすだけだと、身をもって理解している。

嵐が過ぎ去るまでは、大雨に打たれ続ける覚悟を持って、風魔法を行使すると決めていた。

「苦い思い出しか残ってないけど、なんだか懐かしい。こうして薬草を守るのは、数年ぶりになるのかなー……」

少し記憶を遡ると、初めて風魔法で薬草を守った時のことを思い出す。

あれはまだ、おばあちゃんが亡くなったばかりの頃。当時、頑丈な雨よけを用意できなかった私は、嵐が来る度に身を挺《てい》して薬草を守っていた。

子供の力で設置した雨よけなんて、強風が吹けばすぐに壊れてしまう。家族を頼ることはできなかったので、独りで大雨に濡れ、強風で体がよろけながらも、風魔法で守ってばかりだった。

いつ雨が止《や》むのか、いつ風が弱まるのか、いつ雷が収まるのかわからない。もう二度と朝は来ないんじゃないかと思うほど、過酷だったと記憶している。

やっとの思いで嵐を乗り切ったとしても、気分が晴れることはない。

希望の朝が訪れたはずなのに、残酷な現実を突きつけられるだけで、悲惨な光景しか目に映らなかった。

薬草の被害を目《ま》の当《あ》たりにする度、己《おのれ》の無力さを痛感することになるのだから。

そんな時、私はいつもいろいろと考えて、頭を悩ませた。

どうしてこんなことをしなければいけないんだろう。

ここまでして薬草を守る必要はあるのかな。

本当は育てる意味がないいんじゃないか……、と。

まだ子供だった私に薬草の価値なんてわかるはずがない。独り立ちするのがあまりにも早すぎて、薬草を育てる意味が見い出せず、おばあちゃんとの約束を恨んだこともあった。

でも、それももう過去の話。独りで薬草を育て続けてきた私にも、ようやく心境の変化が訪れている。

「今はなんとなくわかる気がするよ、おばあちゃん。間違った道を歩んでいたわけじゃないって、自信を持って言えるから」

今まで薬草を育てることに必死になりすぎていた。おばあちゃんとの約束だからと、言い訳するように栽培してばかりだった。でも、今は違う。

旦那さまが必要としているのなら、育てたい。

嵐が来るのなら、守ってあげたい。

もっと薬草を育てて、みんなに気軽に使ってもらいたい。

この地で過ごす温かい人たちのためにも、私は自分の意思で薬草栽培していることに気づいた。

薬草が変わり始めたように、私の心も変わり始めている。希望を抱くことなく、ただ薬草を作り続けてきた空っぽの自分から、ちゃんとした大人になろうとしていた。

私はもう、家族のような心が歪んだ人《化け物》にはならない。今ならそう断言することができる。

「みんなで取り組んだ野菜畑も、おばあちゃんから受け継いた薬草も失いたくない。急に現れた嵐なんかに、負けるもんか」

心を強く持って嵐に挑むものの、大粒の雨と強風を浴び続けて、体の芯《しん》から冷え込んでしまっていた。

早くも手の感覚はなくなり、寒くて震えが止まらない。薬草たちが雨風にさらされないようにと、必死になって風魔法の制御をしている。

それでも、私は悲観的な気持ちを抱くことはない。

だって、自分の意思で薬草を守ると決めたんだから。

本格的に嵐が接近しているのか、一段と雨風が強くなり始めると、猛威を振るうように雷鳴が轟《とどろ》く。

その瞬間、あまりの轟音《ごうおん》に耐えきれずに身をすくめると、背後から体を支えるように抱き締められた。

突然の出来事に驚いて、後ろを振り向く。すると、リクさんが悲しそうな表情で見下ろしていた。

「えっ!!　どうしてこちらに？　野菜畑の方にいるんじゃなかったんですか？」

「お互いさまだ。屋敷の中から様子を見ると言っていただろ」

「……魔法で防ぐとも言いましたけど」

「こんな嵐の日に外に出る奴がどこにいる、まったく」

どうやら薬草菜園用の雨よけを、野菜畑に使ったと気づかれたらしい。他に良い対処法が思い浮かばなかったとはいえ、自己判断するべきではなかったのかもしれない。

大雨に濡れるリクさんの顔を見れば、居たたまれない気持ちになってしまう。

「どうしてこんな無茶をしたんだ」

「ああー……私、風邪を引かない体質なんですよ。まだまだ華奢《きゃしゃ》に見えるかもしれませんが、体は丈夫なんですよね。ほらっ、よく言うじゃないですか。馬鹿《ばか》は風邪ひかないって」

「……だな」

「えっ？　なんですか？　雨でよく聞こえないです」

「本当に馬鹿だと言ったんだ！」

これ以上は心配させないようにと、冗談っぽく言ってみたのだが、逆効果だったらしい。

本当に心配してくれているみたいで、必要以上にギュッと抱き締められてしまった。

ただ、そんなことを男性にされるのは、生まれて初めてなわけであって……。

「ちょ、ちょっと⁉　リクさん⁉」

「無茶なことはしないでくれ。レーネが嵐で飛ばされたら、誰《だれ》が責任を取るんだ」

「子供じゃないですから、吹き飛ばされないですよ。あの、ちょっと、これ以上はさすがに……」

しどろもどろになりながらも、私は必死に抵抗する。

別に嫌がっているわけではないし、突き放そうとしているわけでもない。

しかし、いくら非常事態とはいえ、良い年した男女が体を密着させているのは、とてもよろしくない光景に見えるだろう。

まだお会いしたことがなかったとしても、私には旦那さまがいるのだ。こんなところを誰かに見られたら、良くない噂《うわさ》が立つというか……、人肌にホッとしすぎるというか……あっ！

慣れない出来事に心が乱れて、魔法の制御を失いかけると、リクさんが補佐して安定させてくれた。

「もっと人に頼ることを覚えろ。これくらいの魔法なら、俺《おれ》にも手伝うことはできる」

「でも、薬草を守るのは、私の仕事じゃないですか」

「薬草栽培はレーネにしかできないかもしれないが、すべてを押しつけるつもりはない。こういう時くらいは深く考えずに頼ってくれ。俺たちは、家族だろ」

リクさんに強く抱き締められたまま、素直な気持ちをぶつけられると、何も言い返せなくなってしまう。

実家で虐げられてきた私は、ベールヌイ家に嫁いできて、幸せな日々を過ごしてきた。

不自由のない生活どころか、優しく接してくれる人たちばかりで、何から何までお世話になっている。

それなのに、頼るなんて……と、今までの自分なら思っていたかもしれない。私とリクさんの家族に対するイメージが違いすぎて、うまく受け入れることができなかったと思う。

でも、今はなんとなくわかる。

リクさんがイメージする家族とは、子供の頃に過ごしたおばあちゃんとの思い出に似ているような気がした。

もしかしたら、この温かい気持ちを共有できる人を、本当の家族と呼ぶのかもしれない。

血の繋《つな》がりではなく、心の繋がりが本当の家族を作るんだ。

「……以後、気をつけます」

「わかればいい。嵐が去るまで、何としてでもこのまま凌《しの》ぐぞ」

リクさんの力強い言葉と温かい腕に抱かれ、私は大人しく指示に従った。

今日くらいは甘えても許されるのかもしれない。

だって、家族なんだから。

幕間 ✦ すれ違う気持ち(アーネストside)

時は少し遡り、まだ嵐《あらし》がやってくる前のこと。

アーネスト家の屋敷周辺では、着慣れない作業服に身を包み、鍬《くわ》で畑を耕す二人の親子の姿があった。

少し頰《ほお》がこけたアーネスト伯爵と、温室育ちの貴族令嬢カサンドラである。

薬草が瘴気《しょうき》を吐き出し、畑ごとダメになったため、新たに違う場所を耕しているのだが、なかなかうまくいかない。

家の中で優雅に過ごしてきた貴族にとって、畑仕事はいろいろな意味で苦痛な仕事だった。

「キャーッ！　ミ、ミミズがいるわ、パパ！」

持っていた鍬を放り投げるほど驚いたカサンドラは、尻《しり》もちをついてしまう。

「ミミズくらいいるだろう。少しは我慢しなさい」

その姿を見たアーネスト伯爵は、素っ気ない態度を取り、すぐに畑を耕す作業に戻った。

以前なら、真っ先にカサンドラの元へ駆けつけ、ミミズをやっつけていただろう。しかし、大きな問題を抱え込むアーネスト伯爵に、そんな余裕はなかった。

豊作になるほど薬草を栽培しないと、補助金と爵位を返還しなければならない。そんなみっともない話を妻と娘に言えるはずもなく、黙々と作業に徹している。

ただ、状況を理解していないカサンドラは、そんな父の態度が気に入らなくて……。

「パパ、私もう嫌よ！　畑を耕すなんて惨めな作業は、聖女の仕事じゃないわ！　お姉さまみたいなダメな貴族や平民のすることよ！」

癇癪《かんしゃく》を起こしたカサンドラは、畑仕事を投げ出そうとしていた。

「落ち着きなさい、カサンドラ。まだ始めたばかりじゃないか」

「嫌よ、もううんざりなの！　汗はかくし、手が汚れるし、腰は痛いし……。こんなことしていたら、お嫁にも行けなくなるわ！」

「そんなことを心配する必要はない。アーネスト家は婿に来てもらって、カサンドラがパパの後を継ぐんだよ。薬草栽培で手が汚れることくらいは、予《あらかじ》め伝えておいただろう？」

聖女といえば聞こえはいいものの、やっていることは農家と変わらない。魔法の勉強ばかりしてきたカサンドラは、魔術師のような役目だと思っていたため、畑を耕すなんて仕事に我慢できなかった。

魔法で水をやる、それが主な聖女の仕事であって、とても楽なものだと思い込んでいたのだから。

「ここまで汚れるとは聞いてないわ。爪《つめ》の中にまで汚れが入っているんだもの。こんなことをしていたら、すぐに私もお姉さまみたいな薄汚い手に……ぐすっ」

どれだけ困難な状況であったとしても、最愛の娘に涙を見せられたら、アーネスト伯爵は心を痛めてしまう。

しかし、それ以上に国王に罵声を浴びせられたことが、心に深い傷となっていた。

過去数年間にもわたって特別扱いされていたのに、このような仕打ちを受けるなんて。

もはや、結果だけでしか判断されない状況に陥《おちい》った以上、妥協してはいられない……はずなのだが。

「はぁ～、わかった。では、パパが畑を作ろう。その代わり、毎日ちゃんと薬草たちに水をあげるんだぞ」

「ありがとう、パパ。聖女の仕事なら任せてねっ」

ケロッと表情を変えたカサンドラは、ルンルン気分で屋敷へ向かっていく。

「あ～あ、こんなにも手が汚れちゃった。薔薇《ばら》の香りがする石鹸《せっけん》で泡遊びをしたら、簡単に取れないかなー」

「ま、待ちなさい。あの石鹸は高かっただろう。それくらいの汚れなら、もう少し様子を見て洗いなさい」

現状を理解していないカサンドラの言葉に、アーネスト伯爵は顔色を変える。

最近、行商人から買い取った薔薇が香る石鹸は、カサンドラの一番のお気に入りだ。他国でしか生産されておらず、限定販売されている品であったため、思っている以上の値がついている。

万が一のことを考えれば、売れるものは残しておきたい。知り合いの貴族に買い取ってもらえば、それなりの値がつくだろう。

そんなアーネスト伯爵の意図が、カサンドラに伝わることはない。

「パパ、今日は様子が変だよ？　貴族が高価な品を使うのは、当たり前のことじゃない。奴隷みたいなお姉さまと違って、私は聖女なの。身も心もぜ～んぶ綺麗《きれい》にしておかないとね」

「気持ちはわかるが、今日は水洗いだけにしなさい。今までパパの言う通りにしてきて、間違いはなかっただろう？」

今の状況を家族に打ち明けられたら、どれだけ楽になるだろうか。弱気な気持ちを抱くものの、男のプライドが邪魔をして、それを許さない。

絶対に何事もなかったかのように過ごすと、アーネスト伯爵は心に決めていた。

一方、父の様子に違和感を覚えたカサンドラは……。何かに気づくようにハッとしながらも、呑気《のんき》に満面の笑みを浮かべている。

「あっ、そっかー。もう、パパったら。ハッキリ言ってくれたらいいのに。うちの屋敷にも、とうとうお風呂《ふろ》をつけてくれるつもりなのね！」

「はっ？　何を言っているんだ、カサンドラ……」

「隠さなくてもいいよ、パパ。だから、手を洗わせたくないんでしょう？　でも、ざ～んねん。こんな汚れた手をしていたら、ママを悲しませるわ。早く石鹸で綺麗にしようっと」

まったく言うことを聞かないカサンドラを見て、ついにアーネスト伯爵の堪忍袋の緒が切れる。

ギリギリと音が出るほど歯を食いしばり、持っていた鍬を地面に叩《たた》きつけた。

「石鹸で洗うなと言っているだろ！　親の言うことが聞けないのか！」

娘の態度に我慢できず、冷静さを失ったアーネスト伯爵は、つい声を荒らげてしまう。

怯《おび》えるカサンドラが手を震わせ、涙目になっている姿を見て、やってしまった……と気づいても、もう遅い。

「パ、パパ……？」

「いや、これは……。違うんだよ、カサンドラ。石鹸の使い過ぎは、体に良くないからね。ハハハ……」

声を震わせるカサンドラに対して、アーネスト伯爵は苦し紛れの言い訳しかできなかった。

この日、初めて親子関係に亀裂が生じたのは、言うまでもないだろう。

なんといっても、カサンドラはずっと虐げられていたレーネの姿を見ているのだ。

もしかしたら、次は自分の番なのかもしれない、そう思わずにはいられなかった。

第六章 ✦ おばあちゃんとの約束

夜明けと共に嵐《あらし》が過ぎ去ると、街を明るく照らし出すように日が昇り始める。

昨夜から雨が降り続けたことで、大きな水溜《みずた》まりができているものの、リクさんと一緒に守った薬草菜園に被害は出ていない。

薬草たちも元気なもので、根に集めていた魔力を葉に移動させて、早くも活動を再開させようとしていた。

「無事に終わったみたいだな」

「おかげさまで薬草たちも元気を取り戻したみたいです。ありがとうございます」

「レーネが薬草を守りたいと思ったように、俺《おれ》も守りたいと思っただけだ。気にしないでくれ」

苦難を共に乗り越えたリクさんが、薬草を守れた喜びを分かち合うように、優しい笑みを向けてくれた。

そんな些細《ささい》なことが嬉《うれ》しくて、私は自然と頬《ほお》を緩める。

家族に迎え入れてもらえてよかったなーと思いながら。

無事に嵐を乗り越えて肩の荷を下ろしていると、街のあちこちで大きな物音が聞こえてくる。

窓ガラスに打ちつけていた板を剝《は》がして、平凡な日常を取り戻すための準備を始めていた。

雨漏《あまも》りした水をバケツで捨てたり、寝不足で欠伸《あくび》をする人がいたり、土嚢《どのう》を撤去したりと、街に大きな変化が生まれている。

家屋の崩壊や浸水に遭った人もいるみたいだが、そういった被害の詳細を把握するには、最低でも一日はかかる見通しだった。

少なくとも、重傷者の報告は受けていないので、街の被害は最小限に抑えられただろう。嵐が過ぎ去った後では、それが何よりも良いニュースなのかもしれない。

心配していた野菜畑に関しても、疲れ果てた表情で戻ってくる騎士たちを見れば、すぐに結果がわかる。

何とか守りきれた……と、その哀愁漂う背中がすべてを物語っていた。

きっと土砂崩れに警戒しながら、慣れない雨よけの修理に神経を使ってくれたに違いない。

疲労困憊《ひろうこんぱい》という言葉がピッタリな雰囲気だった。

今日はゆっくりと休んで英気を養ってほしい、と言いたいところだが、疲れ果てた獣人たちがすぐに休むはずもない。

屋敷の中に入ると、野生動物のように目をギラギラとさせた彼らは、とある場所に吸い込まれていく。

もちろん、徹夜明けで湯浴《ゆあ》みを軽く済ませた後、私も同じ場所に向かっていた。

今までにないくらい殺気に満ちた戦場……もとい、食欲を満たす場所、ダイニングである。

亀爺《じい》さまや侍女を含めた草食系獣人たちはのんびりしたものだが、朝だけ肉を奪い合うストロングスタイルの肉食系獣人たちは、暴走気味だ。

右手にフォークを持ち、左手にもフォークを持っているため、肉を食べたい強い意思が伝わってくる。

パンやスープはいらない。早く肉をよこせ、食いちぎってやる。そう言っているような気がした。

リクさんがいつも以上に大量の肉を大皿に載せてやってくると、獣人たちの目の色が変わる。

大人しくテーブルで待ち、肉を突き刺す準備を終えた彼らの前に大皿が置かれようとした瞬間、リクさんの手がピタッと宙で止まった。

みんなの注目も自然と肉から離れ、別の場所に集まる。

それは――、

「奥方の席は向こう」

ストロングスタイルに挑戦しようと椅子《いす》に腰を下ろした、私に注目が集まっているのである。

「ちょっと参加してみたいなーと思いまして」

ギラギラした獣人たちと料理を奪い合うなんて、柄じゃないことくらいはわかっている。でも、家族として打ち解けるためには、避けては通れない道だと思った。

ベールヌイ家の食事は、喧嘩《けんか》するように奪い合ったり、和気あいあいと楽しんだり、じっくり味わって食べたりと、獣人たちが家族団らんの時間を過ごしている。

何気なく仲間に交ぜてもらっているが、公爵夫人だからと特別扱いされるのではなく、ちゃんと家族として迎え入れてもらいたい。

私もその輪の中に入って、本当の意味でベールヌイ家の一員になりたかった。

これは家族として迎え入れてもらう儀式であり、立ち向かわなければならない試練でもある。

以前、マノンさんはこう言っていた。

一緒に食事を楽しまないと家族になった気がしない、と。

たとえ、リクさんが眉間にシワを寄せて難色を示したとしても、席を離れるつもりはない。

「悪いことは言わない。やめておけ」

「いいえ、参加します。もし肉が食べられなくても、文句は言いませんので」

「そういう問題ではなくてだな……」

なかなか許可を出そうとしないリクさんだったが、空腹の獣人たちがいつまでも我慢できるはずはなかった。

私に向けられていた視線が、いつの間にか肉の皿に移っているのだから。

「奥方、後悔しても知らないよ？」

「心配いりません。目標は、肉三枚です！」

「私の目標は、肉三キロ」

そんなに食べられるの？　と思っているのも束《つか》の間、止めても無駄だと思ったであろうリクさんが、テーブルの上に大皿を置く。

その瞬間、食欲に身を任せた戦いが始まった……！

バクバクバクッと、空腹の獣人たちが猛烈な勢いで肉を襲う。

両手に持ったフォークで肉を突き刺し、口に運んで咀嚼《そしゃく》する。たったそれだけのことなのに、みんなの手がとんでもない速さで動いていた。

果たして、これは食事なのだろうか、狩りなのだろうか。

調理された肉に対して、襲うという言葉がピッタリだと思うあたり、もはやこれは狩りと言っても過言ではな……いや、食事である。

明らかに前者なのにもかかわらず、変な錯覚を起こしてしまうほど、みんなの食欲がすごかった。

しかし、私も朝ごはんを食べなければならない。

なぜなら、徹夜明けでお腹《なか》が空《す》いているから。

恐る恐るフォークを持ち、狙《ねら》っていた肉を突き刺そうとした瞬間、どこからともなく誰《だれ》かのフォークがやってきて、肉が奪い去られてしまう。

あれ、取られた……？　なーんて思っていても、誰も気にかけてはくれない。

同じテーブルに着く獣人たちは、必死に手を伸ばして肉を取り、咀嚼し続けている。

あえて言うなら、ちゃんと咀嚼していて、みんな偉い。一応、味わって食べているみたいだ。

まあ、大皿にはいっぱい肉が載っているし……と思い、別の肉に目標を変えても、それは同じこと。もう少しで肉にフォークが刺さる、という寸前で誰かに奪われる。

その結果、フォークが空を切り、皿にカツンッと当たってしまった。

いったいどうして……と、悠長に考えている暇はない。まだ一口も食べていないのに、山盛りだった肉が早くも半分になろうとしている。

もしかしたら、みんな闇雲《やみくも》に手を出しているわけではないのかもしれない。目の前の肉から食べているわけではなく、誰かが食べそうな肉に狙いを定めて、先に手を付けているんだ。

なんて意地汚い……！　食べ物の恨みは怖いとよく聞くが、今日ほど食事で人が変わると思ったことはなかった。

どちらかといえば、今まで満足に食べられなかった私が、その役目を担うと思うんだけど！

食事の時だけ化け物思考になるなんて、聞いてないよ！　みんないつもの優しさを取り戻してくれ！

空腹の獣人たちに私の思いが届くはずもなく、カツンッカツンッと、次々にフォークを空振りしてしまう。

フンッフンッフンッ！　と、連続でフォークを突き出しても、肉は刺さらない。

ちょっと勇気を出して、肉の塊に突き刺そうとすれば、あらゆる方向からフォークの雨が降《ふ》り注《そそ》ぐ。

ブスブスブスブスブス　スカッ

なぜここだけ協力プレイ……！　本当に食欲に身を任せて奪い合っているのだろうか。

これは新たなイジメかもしれない、と落ち込んでいる暇もない。山盛りにあった肉が、あっという間になくなろうとしていた。

今なら言える。この席に着いたことを、ちょっとだけ後悔していると。リクさんの言うことを大人しく聞いておけばよかった、と。

でも、せめて一枚くらい食べさせてよ！と、渾身《こんしん》のフォークを突き出すと、今までにない感触があった。

ブスブスブスブスブス　ブスッ

絶対に奪われてはならないと思い、勢いよくフォークを引くと、みんなの視線が一気に集まる。

「奥方。最後の一枚を奪っていくとは、なかなかやるな」

マノンさんに言われて皿を見ると、みんなの暴走した食欲によって、綺麗《きれい》に肉がなくなっていた。

危うく朝ごはんがお預けになるところだったと思いつつも、苦労して手に入れた肉をじっくりと味わうように噛《か》み締《し》める。

たっぷりと食べたはずの獣人たちに、羨《うらや》ましそうな視線を向けられながら。

「不覚だった。まさか最後の肉を狙っていたとは……」

「さすがダンナが認めた嫁さんなだけはあるぜ」

「油断したつもりはなかったんだがな」

こうして、なぜか私が勝利したみたいな雰囲気で、朝の肉争奪戦が幕を閉じる。

ようやく本当の家族と認められた気がして、満足感に浸りながら、勝ち取った肉を噛み締めるのであった。

＊＊＊

朝ごはんを食べ終えた後、仮眠を取った私は、眠い目を擦《こす》りながらベッドから起き上がる。

徹夜したことで体が重く、頭がボーッとしているが、風邪を引いた様子はない。久しぶりに風魔法で薬草を守った影響か、思った以上に疲労が蓄積していた。

しかし、ベールヌイ家の方々は違う。すでに街の復旧作業に騎士団が動いているし、マノンさんもキビキビと働いていた。

「奥方。いつもの服が乾いてないから、少し大きめの服でもいい？」

「全然大丈夫ですよ。ふぁ～……」

主である私が大きな欠伸をする中、侍女の仕事をこなすマノンさんが服を見繕ってくれる。

旦那さまに買っていただいた大切な服は嵐で汚れてしまったので、今は手元にない。マノンさんにお願いして、綺麗に洗濯してもらっていた。

そのため、今日は嫁いできた時に着せてもらったサイズの合わないワンピースに袖《そで》を通す。

「奥方、脱いだ服はもらう。着る服はこれ。はい、バンザイ」

普段はまったりとした雰囲気で着替えを手伝ってもらうが、今日のマノンさんは様子がおかしい。気合いが入っているというか、動きが軽快すぎるというか、怒っているというか。何かに警戒しているみたいで、ピリピリとした緊張感があった。

一応、昨晩のことで心配させないようにと、薬草菜園を守っていたことは言っていない。嵐で汚れたわけではなく、水溜まりに転んで濡《ぬ》れたと伝えている。

深く追及されなかったから、気づかれていないと思うんだけど……。

そんなことを考えている間に着替えが終わり、私は貴族令嬢らしいワンピース姿になった。

以前のように肩紐《ひも》がズリ落ちてくることもなく、体にしっかりとフィットしている。

「思ったよりもピッタリサイズ」

「ちょっと太りましたからね。今後はもう少し体の管理に気をつけた方がいいかもしれません」

鏡に映る自分の姿を見ても、随分と健康的になったと自覚する。

痩せこけていた頬がふっくらとしていて、顔色もいい。こんなにも可愛い服を着せてもらうと、王都に住む貴族令嬢みたいだった。

自意識過剰だと思う反面、公爵夫人になったんだから、もっと貴族らしい服装を意識した方がいいとも思う。

可愛らしいデザインのアクセサリーや高価な宝石を身につけて、丁寧な言葉遣いと優雅な立ち居振る舞いで魅了……できたら、どれほどよかっただろうか。

実際には、高価な品は荷が重いと感じてしまうし、礼儀作法もよくわかっていない。中身が伴っていなくて、夢物語にすぎなかった。

でも、旦那さまのお気持ち次第では、頑張る必要も出てくるだろう。

家臣たちがフレンドリーに接する文化が残っているからこそ、貴族令嬢らしい女性を好むかもしれない。良好な夫婦関係を築くためにも、ちゃんと努力するべきだ。

今度、リクさんに旦那さまのことを詳しく教えてもらおう。いや、思い切って旦那さまに会わせてもらえないか、お願いしてみようかな。

せっかく家族として迎え入れてもらっているのに、顔も合わせてもらえないのは悲しいから。

こういうのはタイミングが大事だけど、と考えていると、マノンさんに袖口《そでぐち》を軽く引っ張られる。

「奥方、今日は屋敷で過ごしてもらう」

「あれ？　野菜畑に行かないんですか？」

「嵐が過ぎたばかりで、まだ山道が危ない。後、その服は普通の布」

そういえば、魔物の素材を使った服じゃないと街の外には出られない、と言われていたっけ。

できるだけ早く野菜畑の様子を見に行きたいけど、マノンさんも疲れていると思うから、我が儘《まま》を言って困らせるわけにはいかない。

無事に嵐を乗り切ったのであれば、スイート野菜は枯れないと思うし、収穫に影響は出ないだろう。

「じゃあ、裏庭の薬草菜園だけでも見に行こうかな」

「うん、わかった」

そう言ったマノンさんが近づいてくると、なぜか私の手を取った。

「ちゃんとした服がないから、屋敷でも護衛する」

妙にギラギラしているマノンさんの瞳《ひとみ》を見て、なんとなく察してしまう。

これ、私が嵐の中で過ごしていたの、完全にバレてるよね。専属侍女であるはずのマノンさんを野菜畑に追いやったから、拗《す》ねているんじゃないかな。

私としては、嵐の被害に巻き込まれないようにと、雨が弱いうちに野菜畑に行ってもらったつもりだ。もし彼女が屋敷にいたら、外で一緒に薬草を守ろうとしてくれたはずだから。

徹夜コース確定の嵐だったし、幼いマノンさんに無理強いはさせられないと思っていたんだけど……。

「奥方、今日は護衛する」

マノンさんが許してくれるかは、別の話である。

どうやらライオンのプライドが刺激されて、ご機嫌斜めになってしまったらしい。

しばらくは彼女の言うことを聞いて、機嫌が直るまで待った方が良さそうだ。

「潔く護衛されます」

「うん。それでいい」

絶対に傍《そば》にいる、と言わんばかりのマノンさんにしっかりと手を握られ、薬草菜園に向かって歩いていく。

屋敷の中はいつもと変わらないが、玄関から出て庭を見渡すと、まだ嵐の影響が大きい。吹き飛ばされたものが散乱していて、みんなで手分けして掃除していた。

細かいものは侍女獣人たちが片づけ、危ないものは騎士に任せている。役割分担をして、効率を高めているみたいだ。

庭の手入れも大変だなーと思いながら歩き進めて、薬草菜園にたどり着くと、珍しくリクさんが一人で薬草を眺めていた。

「どうかされましたか？」

「特に深い意味はない。本当に薬草が金色に輝くとは思わなくて、驚いていただけだ」

「そういえば、前にも似たようなことを言ってましたよね。薬草が本来の姿に近づいている、とかなんとか」

あれはまだ、スイート野菜を作り始める前のこと。

薬草から魔力が溢《あふ》れ出る光景を眺めていた時に、ヒールライトは金色に輝く薬草だと言われていると、リクさんに教えてもらった。

どうして薬草の知識があるのか疑問だったけど、さっきの言葉を聞く限り、あまり詳しくないらしい。感傷に浸るような表情を浮かべて、薬草を見つめている。

「正直に言うと、こんなにも綺麗な薬草が育つとは思わなかった。ずっと半信半疑だったんだ」

「無理もないと思います。栽培している私が一番思っていることですから。本当はこんなにも幻想的な薬草だったんだなーって」

太陽の明るい日差しに照らされ、一段と輝きを増す薬草は、とても神々しい植物に見える。

それはもう、自分が育てたとは思えないくらいに。

「もしおばあちゃんが生きていれば、薬草が変わり始めた理由を教えてもらえたのになー……」

しかし、どうしてこうなったのかはわからない。薬草が輝きを取り戻した理由が知りたくても、教えてくれる人はいなかった。

頼みの綱があるとすれば、私の旦那さまこと、マーベリックさまが何か知っている可能性があるだけなんだけど……。

そう思っていると、神妙な面持ちをしたリクさんと視線が重なる。

「いつか話さなければならないと思っていたんだが、良い機会だ。レーネには、ベールヌイ家の秘密を伝えておきたい」

「ベールヌイ家の、秘密を……？」

そんな大切な話をどうしてリクさんが知っているんだろう。普通は一介の料理人が語るようなものではないはずなのに。

ハッ！　こ、これは、ま、まま、ま、まさか……！

ついに旦那さまと顔合わせする機会が訪れたのではないだろうか！

「奥方、もっとリラックスした方がいい」

こ、これは絶対にそう！　緊張した顔では旦那さまに嫌われてしまうと、マノンさんが言ってくれている！

お、落ち着け、私。偶然にも、今日はおしゃれなワンピースを着せてもらっているし、まだ旦那さまに会うと決まったわけではない。

「もっと早く伝えようか迷っていたんだが、薬草がどうなるかわからない以上、後回しにした方がいいと思ってな」

しかーーーし！　確定と言わんばかりに話が進んでいく。

これは誰がどう聞いても、旦那さまが病に蝕《むしば》まれていたとしか思えない。万能薬と呼ばれる薬草、ヒールライトが本来の姿になった今、ついに旦那さまと面会する権利を得たのだ。

だから、私も心に決めなければならない。化け物公爵と呼ばれる旦那さまの姿を見ても、決して怯《おび》えぬ強い心を持つことを！

人は見た目ではない。私は旦那さまの優しい心が好きなのだから、ありのままの姿を受け入れてみせる！

いざ！　決戦の時……!!

「わかりました。それで、旦那さまはどちらにいらっしゃるんですか？」

「ん？」

「んん？」

緊迫した空気がバリーンッと砕け散り、二人がキョトンッとした顔で眺めてくる。

「んんん？」

それを見た私も、思わずキョトンッとしてしまった。

今の話の流れはこういうことでしたよね？と目で訴えかけてみると、マノンさんがリクさんの方を指で差す。

「ここにいる」

「えっ！　ど、どこですか‼」

唐突に対面することが決まり、リクさんの後ろをチラッチラッと確認する。

しかし、そこには誰もいなかった。

マノンさんが指を差す方向には、リクさんしかいない……というより、リクさんを差しているように見える。

いや、彼は料理人ですよね。なーんて思いつつも、妙にリクさんと視線が重なるわけであって……。

「ベールヌイ家の当主、マーベリック・ベールヌイは俺だ。ちゃんと自己紹介はしたはずだが」

「リクさんが、マーベリックさま……。えっ！　リクさんって、あだ名⁉」

じゃあ、私の旦那さまって……リクさんってコトッ⁉

「えええええええええええええっ‼」

衝撃の真実を聞かされた私は、とんでもないほどの大声で叫んでしまう。

どうしてこんなすれ違いが起きたのか、さっぱりわからない。

リクさんとマノンさんの様子を見る限り、隠していたわけではなさそうだった。

「とりあえず、落ち着いて話そう。ついてきてくれ」

驚きすぎて声が出なくなった私はコクコクッと頷《うなず》いた後、リクさんについていく。

今まで料理人と思っていた人が、まさか旦那さまだったなんて。これからどういう顔をして話せばいいのかな。

いったい何が起きているんだろう？　と戸惑っているうちに、屋敷の応接室に案内される。

リクさんと向かい合って座ると、私は……恥ずかしくてまともに顔を合わせられなかった。

料理人の男性ならまだしも、自分の旦那さまだと意識すると、妙に緊張してしまう。

「いつも通りにしてくれ。こっちの調子がおかしくなる」

すでにこちらの調子がおかしくなっていると言いたい。ただ、顔を逸《そ》らしたリクさんの姿が視界に映ると、同じ気持ちを抱いているんだと察した。

いつもどんな感じで接していたのか、互いにわからなくなってしまったらしい。気が動転する一方で、心が落ち着く様子はなかった。

そんなぎこちない雰囲気に包まれていると、マノンさんがお茶をいれて持ってきてくれる。

「奥方、今まで本当にリクが当主だと知らなかったの？」

「はい。料理を作っている印象しかなかったので、てっきり料理人なのかと」

「うん、納得した。これはリクが悪い」

なぜかマノンさんが味方になってくれた。

これはもう、この波に乗るしかない……！

「そもそも、家臣にもあだ名で呼ばれている時点で、普通は当主だと思いませんよ」

「確かに、奥方の言う通り。これはリクが悪い」

「嫁いできて半月近くも経《た》つのに、リクさんに旦那さまっぽいことをされたことは……な、ないですよ？」

「変な間があった。これは奥方が悪い」

うぐっ。嵐の中でハグされたことを思い出してしまった。確かにリクさんが旦那さまだったら、あんなことが起きても不思議ではないだろう。

……ちょっともったいないことをした、と思ってしまうあたり、私は意外に冷静なのかもしれない。

「一つだけ言っておくが、レーネがこの地に初めて訪れた時、俺は自分から足を運んで素性を明かしているぞ。思い返せば、疲労が溜《た》まっていたみたいで、半分聞いていなさそうな感じだったが」

リクさんに言われて、初めて会った時のことを思い出す。

あれは確か……薬草を移植していた時のこと。

裏庭に案内してくれたジャックスさんが、旦那さまに報告してくると言ってくれて、その間に植栽の準備を進めていた。

途中でリクさんが、ジャガイモのガレットとホットミルクを持ってきてくれて――。

「あっ……」

そうだ！　長旅による疲労と空腹でヘロヘロになって、リクさんの言葉が脳内を素通りしていた気がする！

「これは奥方が悪い。今のは絶対に思い当たる節があった」

どうしよう。生涯を共にするパートナーとの初対面で、自己紹介を聞き逃すだけでなく、旦那さまよりジャガイモのガレットを優先していただなんて！

「で、でも、どうしてリクさんが料理を作っているんですか？」

「この地は元々獣人国で、その文化の名残があると言ったはずだ。上の者が下の者を労《ねぎら》う一環として、当主が料理を作っている」

そういえば、そんな話を聞いたような気がする。

ジャックスさんにも、この地は独特の文化があると教えてもらっていた。

「じゃあ、本当に私が話を聞いていなかったから、ずっと旦那さまがいないと誤解していただけ、なんですね」

「だろうな。まあ、リクさんと呼ばれたり、旦那さまと呼ばれたりと、何度かおかしいと思うことはあったが」

顔を赤くして目を逸らすリクさんを見て、思い出してはならない記憶が蘇《よみがえ》ってくる。

リクさんが旦那さまだと知らずに、私はかなり変なことを言っている自覚が芽生え始めていた。

旦那さまのことが気になっているとか、旦那さまの好みを教えてほしいとか、旦那さまの優しさを力説するとか……。

同一人物だと知らずに、まさか本人に伝えていたなんて、夢にも思わなかった。

もしこんなことを他の貴族令嬢が実演していたら、魔性の女とか、小悪魔テクニックなどと言われ、いとも簡単に男性を虜《とりこ》にしていただろう。数々の恋愛イベントをこなして、数週間もすれば、愛を育んでいたに違いない。

しかし、現実はどうだろうか。ほぼ恋愛イベントが起きていない私に貼《は》られたレッテルは、花より団子の天然女である。

さすがにこれは、頭を抱えるレベルで恥ずかしい……。

「違和感を覚えていたなら、その時に言ってくださいよ」

「悪い。平然とした表情だったから、わざとやっているのかと思っていた」

完全に私が悪いので、リクさんを強く責めることはできない。もっといえば、私も途中で気づけ、という話である。

そして、専属侍女として働いているマノンさんも気づいていなかったという現実に、驚きを隠せない。

ただ、彼女は何かを思い出したかのようにポンッと手を合わせていた。

「そういえば奥方に、旦那さまがどうのこうのって、よく聞かれた気がする。なんか変だとは思ってた」

「確かに、歯切れの悪い返事が返ってきたような気がしますね……」

ここまで疑問に思う点が次々に出てくると、奇跡的に成り立っていた現象だと思ってしまう。

誰かがいつ変だと気づいてもおかしくないのに、誰も気づかなかったのだから。

一つだけ文句があるとしたら、私の一方的な気持ちばかり旦那さまに伝わっていて、不公平だと思うところだが……あっ！

ピンッ！と来た私は、背筋をビシッと伸ばして、リクさんと向き合った。

「旦那さまに会ったら、聞いてみたいと思っていたことがあるんですけど、いいですか?」

「どうした?」

「私に縁談の話をくれた理由が知りたいです」

同じ屋敷で過ごしていても、リクさんが当主だとわからないほど、接点や面識が少ない。それだけに、大金を払ってまで縁談の話を進め、ここまで良くしてくれる理由が知りたかった。

「気を悪くするかもしれないが、聖女の最後の願いを叶《かな》えるために、縁談の話を持ちかけた」

「ん? 聖女さま……?」

思い当たる節がまったくない聖女という言葉に、私は首を傾《かし》げる。

「これも話したはずだが……。五十年前、魔物の災害から大勢の人々の命を救った聖女のことだ。レーネには、聖女が薬草を栽培していた場所を受け継いでもらっている」

「確かにそんな話は聞きましたけど、薬草を作っていたのは、聖女さまだったんですね。とても感謝されている方が多いと言う話でしたし、あの場所を受け継ぐのは、改めて恐れ多い印象を抱きました」

「その必要はない。聖女として崇《あが》められているのは、レーネの祖母にあたる人物だ。万が一の時、ここで薬草を育てられるように手紙を残して、亡くなっている」

おばあちゃんが、聖女? そんな話、聞いたことないんだけど。

予想だにしないことを聞かされた私は、すぐにリクさんの話を受け入れられなかった。

しかし、手紙を残したということは、証拠があるわけであって……。

近くにあった机の引き出しから、リクさんが小さな箱を取り出す。すると、そこには古びた手紙と日誌が大切に保管されていた。

「今は隠居しているが、俺の父であるベールヌイ家の先代当主が、レーネの祖母と交流が深かった。アーネスト家の事情は知らないが、聖女の活躍した話を何度も聞かされていたため、大まかに理解しているつもりだ。当主の座を交代する時にも、これらを大切なものとして譲り受けている」

ベールヌイ公爵宛に送られた手紙の懐かしい文字を見て、リクさんが言った言葉の意味を理解する。

本当におばあちゃんの最後の願いを叶えてくれたんだ、と。

どうしてベールヌイ家に遺書を……と思う気持ちもあるが、実家に残していたら、父に隠蔽されていたに違いない。そのため、わざわざ信頼できる外部の人に託していたんだろう。

大事な薬草の栽培日誌と共に。

「今まで言い出せなくて悪かった。初めてあった時、虚《うつ》ろな瞳で薬草を植えるレーネを見て、今は伝えるべきではないと思ってしまったんだ」

「いえ、それでよかったと思います。当時の私が聞いていたら、薬草を育てることを放棄していたかもしれません」

今でこそ薬草を育ててきてよかったと思っているが、あの頃の私には、それがない。この地の優しい人たちと触れ合う時間がなかったら、薬草を栽培するためだけに嫁がされたと思い、心が折れていたはずだ。

おばあちゃんは薬草のことしか考えていないと思った瞬間、私は家族のような心の歪んだもの《化け物》に変わっていた恐れもある。

「この栽培日誌は、レーネに宛てられたものだ。今なら渡しても問題ないだろう」

「はい。大切に保管していただき、ありがとうございます」

リクさんから薬草の栽培日誌を受け取った私は、その中身を確認するため、破らないようゆっくりとページをめくっていく。

この地で薬草が急成長したことや、金色の魔力を放っていることなど、わからないことが多い。何か手掛かりがわかれば……と思って見ていると、一通の手紙が挟まっていることに気づいた。

それは薬草栽培に関することではなく、子供の私を置いて旅立つことを心配するおばあちゃんからの手紙だった。

「おばあちゃん……」

八年前に亡くなったおばあちゃんの言葉に、自然と胸が熱くなる。

薬草のことをいろいろと教えてくれたし、いつも優しくしてくれた。子供だから当たり前に思っていたけど、分娩直後に亡くなった母の代わりに育ててくれたことを、今でもずっと感謝している。

でも、私のことばかり心配するだけじゃなくて、もっとおばあちゃんのことを聞かせてほしかった。

聖女と呼ばれていたなんて、一言も聞いていない。子供の頃の記憶をたどっても、おばあちゃんと薬草以外のことを話した思い出はなかった。

それが何よりも悲しいような、誇らしいような不思議な感覚に陥《おちい》り、大粒の涙がこぼれ落ちてくる。

「薬草のことばかり話していないで、もっといろんなことを教えてほしかったよ、おばあちゃん」

子供の頃におばあちゃんが急死してから、何度も泣きたいと思うほど、私の人生は大きく変わってしまった。

おばあちゃんが悪いわけではないとわかっている。でも、泣いたら先立つおばあちゃんを責めているような気がして、泣けなかった。

その影響もあって、形見でもある薬草を守ることで気持ちを誤魔化《ごまか》し、おばあちゃんの死を受け入れることができていなかったんだろう。

八年の月日が経った今、ようやくそれができたんだと実感した。

どんな形であったとしても、こうしておばあちゃんと再会できたのだから。

＊＊＊

しばらくして落ち着きを取り戻した頃、私はハンカチで涙を拭いて、リクさんとマノンさんに向かって頭を軽く下げた。

「また見苦しいところをお見せしました」

「構わない。聖女の願いを聞き入れたのは、五十年前の恩を返すこともあるが、別の思惑もある。

いつか話さなければならないと思っていたことだ」

急な展開に頭が混乱するが、今はおばあちゃんの話をする時間ではないし、旦那さまの正体を聞く時間でもない。

ベールヌイ家の秘密を教えてもらうために、話し合いの場が設けられている。

真剣な表情を浮かべて、真っすぐ見つめてくるリクさんを見れば、ここからが本題なんだと察した。

「結論から言おう。レーネが育てた薬草で、俺の魔獣化を止めてほしい。俺はベールヌイ家に流れる魔獣の血を色濃く受け継いでしまったんだ」

「獣化ではなく、魔獣化……ですか」

新たに魔獣化という言葉を聞いて、私は化け物公爵と呼ばれているリクさんの元へ嫁いできたことを思い出す。

今まで一緒に暮らしてきて、リクさんが暴力を振るうような人とは思えない。しかし、彼の意思とは別に、魔獣の血が暴走して制御できなくなるのであれば、話は変わってくる。

地位の高い公爵家なのに、辺境地に領地があるのも、そういった問題が影響しているのかもしれない。

「普通の獣人であれば、体内に流れる獣の血を制御し、自由自在に獣化することができる。戦闘能力を高めるために、腕や足を獣化させるケースが多いな」

「騎士たちが戦っている姿を見たことはありませんが、マノンさんのマッサージがそうですよね」

「まあ……侍女であるマノンにとって、奉仕能力を高める手段になっているのは事実だ」

どうやら例外的な獣化の使い方をしているみたいで、リクさんの表情が曇っている。

一方、侍女の仕事に誇りを持っているであろうマノンさんは、手を獣化させて威嚇していた。

「ライオンの威厳には、誰も逆らえない。がおーっ」

「ああー、獣化すると一段と怖いな。今後は侍女の仕事に口を挟まないようにする」

「うん、それでいい」

可愛らしい圧に反抗できないのか、マノンさんが拗ねないように気遣っているのかわからない。

でも、リクさんは子供の扱いには慣れているみたいで、サラリッと受け流していた。

大人が子供の遊びに付き合っているようにしか見えないが、これで本当に魔物を追い払ってしまうのだから、侮れない。きっとマノンさんの体内に流れるライオンの血が少し特殊で、魔物に対して恐怖を与えてしまうんだろう。

それを考えると、リクさんの魔獣化はもっと特別なものなのかもしれない。

動物に分類される獣ではなく、魔物に分類される魔獣という言葉を使っているのだから。

「もう気づいているかもしれないが、俺の中に流れる魔獣の血が暴走して、魔物のように暴《あば》れることがある。このまま制御できなければ、魔獣に身も心も支配され、乗っ取られてしまうだろう」

「なるほど。実家を離れる時に聞いた噂《うわさ》とリクさんの印象が違ったのは、そういうことだったんですね」

「あながち嘘《うそ》でもあるまい。いつ魔獣化するかもわからないし、ジャックスの目を傷つけたのは、俺だからな」

そういえば、妹《カサンドラ》がこんなことを言っていたっけ。

『ベールヌイ公爵と言ったら、黒い噂が絶えない残虐な方よ。家臣を傷つけるだけならまだしも、殺したこともあるんだって』と。

化け物公爵と呼ばれていることに言及したつもりだったんだけど、配慮が足りなかったみたいだ。

「すみません。余計なことを言ってしまいました」

「いや、気にしていない。どんなことがあったとしても、彼らは忠義を尽くしてくれる。俺が落ち込んでばかりいたら、顔も合わせられないだろう」

本当に気にした様子を見せないリクさんは、堂々としている。

料理で労う文化や敬語を使わない文化が浸透しているのも、互いに気遣わないように想《おも》い合っている影響なのかもしれない。

崩れることのない固い絆《きずな》で結ばれた結果、獣人国ではなくなった今でも、根付いた文化が失われていないのだ。

そんな屋敷に住む一人の家族として、私はリクさんの魔獣化を止めたい。

この地に住む優しい人たちにも、リクさん自身にも、悲しい思いはしてほしくないから。

「薬草で治すのは構わないんですが、過去に魔獣化で暴走された方はいらっしゃったんですか？」

「亀爺の話では、魔獣化で暴走したケースは少ないが、何件か事例があるらしい。その半数近くがアーネスト家で栽培されている薬草、ヒールライトで治療したそうだ」

さすが約二千年も生きる亀爺さま。伊達《だて》に長生きしていない。

「じゃあ、私の育てたヒールライトを使って、亀爺さまに薬を作ってもらえば、リクさんの魔獣化は治るってことですね！」

魔獣化という聞き慣れない言葉に心配だったが、治療法がわかっているなら、難しく考える必要はない。

アーネスト産の薬草も元気に育っているから、すぐにでも解決できる問題……のはずなのに、リクさんの表情は妙に険しかった。

「俺も最初はそう思っていたんだがな。現実は厳しく、予想外のハプニングに悩まされている。近年、亀爺のボケが深刻化しているんだ」

そんなことをとても真剣な顔で言われると、どう反応していいのかわからない。

実際に亀爺さまは、何回も同じ話をするほど老化が進行していた。

「薬のレシピは残っていないんですか？」

「百年に一度作るか作らないかわからないような薬だ。いろいろ探してみたが、レシピやメモの類は見つかっていない」

せっかくいい感じで話がまとまろうとしていたのに、まさか亀爺さまの老化が進み、治療薬の作り方がわからなくなっているなんて。

生き物は老いに敵《かな》わないと、思い知らされてしまう。

「どうりで今まで話が下りてこなかったわけですね」

「タイミングを見て話す必要があったからな。ベールヌイ家のような特殊な家系に馴染《なじ》むまでは、時間が必要だとも考えていた。嫁いできたばかりで、こんな話をされたらレーネも困るだろう」

「それはそうかもしれませんが……。私は薬草栽培の知識を持っていたとしても、薬の知識は多くありません。魔獣化の暴走を止める薬を作れと言われても、無理な話ですよ」

「わかっている。だが、まだ可能性が残っていると思わないか？」

リクさんが目線を下ろすと、そこにはおばあちゃんの栽培日誌があった。

確かに、ベールヌイ家で薬草栽培できるように根回ししてくれていたのなら、魔獣化を止める方法が書かれているかもしれない。

あくまで薬草の栽培日誌である以上、望みは薄い気もするが……。

金色に輝くヒールライトの理解が深まったら、解決の糸口が見つかる可能性もある。

「わかりました。詳しく調べてみますので、少し時間をください。協力できることが何かあるかもしれません」

魔獣化で悩むリクさんを放っておくことはできないと思い、私は治療薬について調べ始めるのであった。

第七章 ✦ 魔獣化

嵐《あらし》が過ぎ去った翌日。騎士たちが裏山に向かう道を整備してくれて、安全に通れるようになったため、私はマノンさんと一緒に領民たちを連れて、野菜畑に訪れた。

すでに警備に来ていた騎士たちが雨よけを撤去してくれたこともあり、大きく育ったスイート野菜があちこちに見えている。

その強い甘みを表すかのように、色味の濃い野菜が実っていた。

「思っている以上に被害は少なく、無事に育っていますね。ところどころ収穫できそうなものも見えています」

少し前までは考えられなかった光景を目《ま》の当《あ》たりにして、これまでの思い出が走馬灯のように蘇《よみがえ》ってくる。

みんなで荒れ果てた土地を耕し、力を合わせてスイート野菜を育てて、無事に嵐を乗り越えた。

それらを大量に収穫できる日が、すぐそこまで来ている……！

もしかしたら、当初の領民たちは野菜の栽培に興味がなかったかもしれない。公爵家の給金目当てで参加した人も多いだろう。

でも、今は違う。みんなも感傷に浸っているみたいで、温かい眼差《まなざ》しで野菜畑を見つめていた。

「何とか守りきれたんだな……」

自分たちが育てたスイート野菜は、嵐に負けなかった。その現実を噛《か》み締《し》めている。

いつまでもこうして眺めていたい気持ちはあるけど、昨日は何も作業ができていない。スイート野菜たちが快適に過ごせるように、ちゃんと世話をしてあげよう。

「じゃあ、各自に分かれて作業しましょうか」

「よし、俺《おれ》が収穫しよう」

「いーや、俺が収穫しよう」

「馬鹿《ばか》を言うな。俺が収穫しよう」

楽しみが待ちきれない子供か、と突っ込みを入れたいところだが、領民たちの気持ちがわからないでもない。収穫を待ち望んでいるのは、私も同じだった。

でも、焦《あせ》りは禁物。せっかく嵐を乗り越えたんだから、最高の状態でスイート野菜を収穫したい。

「撤去した雨よけを破棄しなければいけませんし、嵐の影響で石や枝が飛んできていますから、先に片づけましょう。収穫はまた今度ですね」

「お嬢が言うなら仕方ねえな」

「お嬢には逆らえねえよ」

「お嬢だもんな」

いったい私にどんなイメージを持っているんだろうか。野菜畑の管理者としてはいいのかもしれないが、必要以上に信頼されているような印象がある。

雨よけの真実を領民たちは知らないはずなんだけど……、誰《だれ》か情報を漏《も》らしてないよね？　感づいた騎士が酒場で話してるとかいうオチはないよね？

公爵家で働く人たちだし、さすがにそんなことがあるわけ――。

「で、例の雨よけはどこにあるんだ？」

「馬鹿！　声がでけえよ！　口を滑らせても予備の雨よけの話はするんじゃねえぞ！」

「そうだぞ。お嬢には知らないフリをする約束なんだからな」

完全にバレてるじゃないですか。どうせ内緒にするなら、気づかれないように隠してくださいよ。

大勢の領民から一人ずつ感謝の言葉を受け取るわけにもいきませんし、知らないフリをしていただいた方が助かりますけどね。

マノンさんみたいに過剰な心配をされても困りますから。

「奥方、護衛は任せて」

「作業中は手を握らないでくださいね」

「わかった。遠くに行かないように、服を引っ張ることにする」

仕事場に甘えん坊な妹を連れてきたみたいな雰囲気になっているが、マノンさんが過度に心配するのは仕方ない。迷惑をかけたのは事実なので、その埋め合わせのために付き合うしかなかった。

領民たちが片づけを始める中、私はマノンさんと一緒に土と野菜の状態を見ながら、野菜畑を歩き回る。

水分を含みすぎている場所は火魔法で乾燥させ、魔力不足のものは水やりをして、収穫できそうなものには札を貼《は》った。

私がスイート野菜を収穫しても文句は言われないかもしれない。でも、楽しみにしている彼らに任せた方がいいだろう。

初めてスイート野菜を育てて、無事に収穫できる喜びを分かち合いたいから。

一通り野菜畑を回り終えると、ちょうど領民たちも作業が終わったみたいで、一か所に集まっていた。

さて、まだ時間もあることだし、もう少し働いてもらうとしよう。

「今日はこのまま解散……でもいいんですが、せっかくですので、スイート野菜を少しだけ収穫していきます。札が貼ってあるものだけ収穫して、街に運んでください」

キラーンッと、領民たちの目の色が変わる。それはもう、待ってました！と言わんばかりの表情だった。

「お、お嬢。つまみ食いをしてもいいのか？」

「残念ながら、まだ収穫できるものは少ないです。なので、控えめにお願いします」

つまみ食いの許可を出した瞬間、領民たちは一斉に動き出す。

宝探しゲームでもする子供のように、すごい勢いで札のついたスイート野菜を探しに向かっていった。

「おい、こんなグラデーションが綺麗《きれい》な白菜は初めて見たぜ」

「乙女心を表すような純白な芯《しん》だな」

「持っただけでわかるぜ。こいつはウマイと！」

無事に嵐を乗り越えた後でスイート野菜を収穫することもあって、領民たちのテンションがおかしいのは、言うまでもない。畑を荒らすほど取り乱している人はいないので、彼らの邪魔をするのはやめて、温かい目で見守ろう。

領民たちが収穫を終わるまで時間が空くため、地面に腰を下ろした私は、おばあちゃんの栽培日誌を読むことにした。

昨晩も読んでいたが、まだリクさんの魔獣化を止める方法は見つかっていない。ただ、いろいろと腑《ふ》に落ちることはあった。

おばあちゃんが若い頃も薬草が金色に輝いていたこと。私が生まれる頃に薬草が変わり始めたこと。そして、この地で薬草が輝きを取り戻した理由が判明している。

「栽培者の魔力から心を読み取り、それが薬草の成長に反映されるなんて……」

善意を持った栽培者が育てると浄化の魔力が宿り、悪意を持った栽培者が育てると瘴気《しょうき》を生成する。

薬草が成長するにつれて、周りに住む人々の心も反映されるらしく、非常に栽培が困難だと記されていた。

何よりも驚くのは、すべての薬草がこの性質を持つこと。その割合が低すぎるあまり知られていないが、ヒールライトは顕著に表れるらしい。

どうりでヒールライトが絶滅危惧種に指定され、実家でうまく栽培がいかなかったわけだ。植物学士が国家資格であることにも納得がいく。

でも、今はヒールライトでリクさんの治療薬が作りたいわけであって――。

「奥方、解決策は見つかった？」

「いろいろと知らないことが書かれていますが、薬のレシピは記載されていません。薬草のことばかりですね」

栽培日誌である以上、過度な期待をしてはならないとわかっている。おばあちゃんの手紙に書いてなかった時点で、望みは薄いと思っていた。

「治療薬のレシピが見つかるといいんですけど、なかなかうまくはいきませんね」

「大丈夫。それは奥方のせいじゃない。奥方にプレッシャーをかけるのは良くない」

「ん？　リクさんに何か言われたんですか？」

「ううん。奥方は頑張りすぎるタイプだから」

マノンさんは高く評価してくれているのかもしれないが、植物学士の私にしかできない仕事があるだけで、頑張っているつもりはない。

実家で薬草菜園を営んでいる時と比べたら、のんびり仕事ができている方だった。

騎士や侍女の方が厳しい仕事をしているはずなんだけどなー、と思っていると、ジャックスさんが小さな皿を持って近づいてくる。

そこには、栽培したばかりのスイートカボチャの切り身が載っていた。

私の護衛という仕事を優先して、つまみ食いに参加できなかったマノンさんが素早く動き、それを口にする。

「んっ！　生のカボチャが柔らかくて、甘い」

「収穫したばかりのスイート野菜は、特に柔らかい傾向がありますね。天気がいい日に干しておけば、もっと甘みが増しますよ」

敏感な舌を持つ獣人には、完熟したスイート野菜はデザート感覚に近いんだろう。味を想像したであろうマノンさんとジャックスさんが、ゴクリッと喉《のど》を大きく鳴らしていた。

それだけ楽しみにしてくれるのであれば、スイート野菜を栽培して本当によかったと思う。

「嬢ちゃんは食べねえのか？」

「私はリクさんの料理をお腹《なか》いっぱい食べたいので、夜ごはんの時間まで待ちます」

「なるほど。そっちの方が賢いかもしれないな」

納得したジャックスさんが深く頷《うなず》き、私の分のカボチャの切り身を食べてくれた。

正直なことをいうと、実家で生のスイート野菜ばかり食べていた影響が大きく、あの味を思い出したくはない。

決して嫌いなわけではないものの、もう少し心の整理がつくまでは控えたかった。

リクさんの温かい手料理が食べたいというのは、紛れもない事実ではあるが。

「そういえば、ジャックスさんは私のおばあちゃんと会ったことがあるんですか？」

「まだ俺がガキの頃に、何度かお会いしたことがある。さすがに寿命で亡くなったが、親父の命を助けてもらったよ」

五十年前に起こった魔物の災害、か。ジャックスさんが騎士団に務めているように、お父さまも立派な騎士だったに違いない。

こうして実際におばあちゃんと会った人に話を聞けると、本当にこの地で薬草栽培をしていたと実感する。

薬草菜園に含まれていた魔力は懐かしい感じがあったし、手紙を読んでいる以上、疑っているわけでもない。それでも、おばあちゃんの話が聞けて嬉《うれ》しかった。

「昔のおばちゃんを知っている人と出会っていたなんて、不思議な感じがします。私はおばあちゃんが聖女と呼ばれていたことも知らなかったんですよ」

「あの人は、自分から武勇伝を語るような人じゃねえよ。国から支払われた報奨金すら、何も言わずに寄付して帰っていったような人だからな」

な、なんと……。聖女と呼ばれる所以《ゆえん》は、そういうところにもあったのか。自分のおばあちゃんのこととはいえ、さすがにそれは驚いてしまう。

もし同じ立場だったら、おばあちゃんと一緒の行動が取れるかと聞かれたら……たぶん無理！

今の状況で報奨金をいただいたら、おしゃれな服を買って、もう少し女の子っぽく見える努力をするだろう。リクさん……もとい、旦那さまにはいろいろ幻滅するような姿を見せているような気がするので、何とか巻き返したい。

だから、今のうちにしっかりと伝えておくべきだ。報奨金をもらう予定なんてないけど、聖女と呼ばれたおばあちゃんと比較されても困る。

好感度が下がらないように、早めに手を打っておかないと！

「私に変な期待はしないでくださいね？　聖女と呼ばれていたのは、おばあちゃんであって――」

「あの人に恩を返す機会ができてよかったとしか思ってねえよ」

そう言ったジャックスさんは、私の頭の上にポンポンッと手を載せた。

出会った頃も同じように子供扱いされたことをよく覚えている。思い返せば、私が初めてこの地を訪れた時、ジャックスさんは門の警備をしていた。

副騎士団長という偉い立場であれば、普通はそんなことをしない。少しでも早く歓迎しようと、門で待ってくれていたんだろう。

怖い顔に似合わず、ジャックスさんはどこまでも優しい人だから。

「嬢ちゃんはもっと気楽に生きた方がいいと思うぜ」

「十分に気を抜いていると思います。そこまで難しいことばかり考えて生きていませんよ」

「自分が見ている光景と、周りから見えてる光景は違うもんさ。あんまり無理はするんじゃねえぞ」

優しいというより、意外に心配性なだけかもしれないが。

「自由にさせていただいてますから、大丈夫ですよ。さあ、もうそろそろ帰る準備をしましょう。スイート野菜を持ち帰って、リクさんにおいしく調理してもらわないと」

今日はおいしいおやつが食べられそうだなーと思うあたり、私は本当に気楽に生きていると実感する。

だって、家族に遠慮する必要はないんだから。

＊＊＊

裏山で収穫したスイート野菜を街に運ぶと、雇い主でもあるリクさんの元に集められた。

丸々と太ったカボチャや、綺麗な色合いの白菜、身がギッシリと詰まった大根など、旬のスイート野菜が揃《そろ》っている。

初めての収穫にしては、十分な成果を得られただろう。これだけうまく栽培できたら、仕事に携わった領民たちに、お給金が奮発されるかもしれない。

しかし、まずは無事に収穫できたお祝いとして、みんなでスイート野菜を分配しようと思っていたところ――、

「さすがにそいつはできねえぜ」

「代わりにお嬢が食ってくれ」

「俺たちは腹も心も満たされているってもんよ」

などと言われ、断られてしまった。

きっと街に嵐の影響が残っていることもあり、雨よけの件が後ろめたいに違いない。一度は突風に吹き飛ばされて、心が折れかけてしまったのだから。

私としては、嵐が来る直前まで頑張ってくれたみんなと一緒に喜びを分かち合いたい。でも、必要以上に声をかけるべきではないこともわかっている。

スイートカボチャ、歯止めが利《き》かなくて、いっぱいつまみ食いしちゃったもんね。

収穫したばかりのスイート野菜を食べるのは、栽培者の特権でもあるから、それがお祝いの代わりだったということにしよう。


そんなこんなで領民たちが帰った後、スイートカボチャの出来映えを確認したリクさんが、すぐに料理を振る舞ってくれた。

ダイニングに並べられたのは、あま～いスイートカボチャをふんだんに使った料理、パンプキンパイである。

「リクさん、パイも焼けるんですね……！」

「マイナーな料理でなければ、ひと通りは作れるぞ」

以前、マノンさんとパンケーキを食べた時、リクさんがデザートを買いに来ていたので、スイーツは作れないものだと思い込んでいた。

それなのに、まさかこんな芳《こう》ばしい香りを放つおいしそうなパイを焼けるなんて！

うぐぐっ、なんてハイスペックな旦那さまなんだ。これが俗に言う、胃袋をつかまれるという感覚か。

相変わらず我慢ができない私はいつもの席に座り、早速一口いただく。

パリパリッとしたパイ生地を噛んだ瞬間、小麦とバターの香りが鼻に抜ける。そこにスイートカボチャの優しい甘みが合わさると……。

「むふふふっ」

思わず、不気味な笑いが出てしまうほど、甘くておいしい。

これには、野菜の苦味に悩んでいた侍女の獣人たちも歓喜していた。

「おいしい～」

「あま～い」

「カボチャ好き～」

時間の流れが遅いマイペースな彼女たちだが、珍しくパクパクと食べている。

スイート野菜を監修した身としては、その微笑《ほほえ》ましい光景が見られるだけでも十分に嬉しかった。

一方、魔獣化を治療する薬のレシピを知っているはずの亀爺《じい》さまは――、

「これはスイートカボチャではないですかのぉ。もしや、奥さまはアーネスト家の出身では？」

などと言っているような状態なので、あまり期待はできない。

今はスイートカボチャのパンプキンパイをゆっくりと楽しんでほしい。

私も温かいうちに食べようと思い、大きな口を開けて頬張《ほおば》っていると、リクさんが近づいてくる。

「初めて収穫したばかりのスイートカボチャを調理したが、流通しているものとは随分と違うんだな」

「えっ？　そうなんですか？」

「今まで商人が運んできてくれたものは、もっと甘みが少なかったし、あんなに綺麗な見た目をしていなかった」

「ああー、完熟前のものが流通していたんですね。完熟したスイート野菜は長期保存に向かないので、遠方の地域まで運びにくいんだと思いますよ」

どこで栽培したものであったとしても、商人が仕入れることを考慮すると、完熟したスイート野菜は手に入らないのかもしれない。

すぐに買い手が見つかるとは限らないし、身が柔らかくなるため、輸送時に傷つく恐れもある。

完熟前でも十分においしいから、そっちの方が売れ残ったり、破損したりしにくいんだろう。

「まさかそんな罠《わな》があるとは……」

別に罠に嵌《は》められたわけでも騙《だま》されたわけでもないが、リクさんは悔しそうな表情をしていた。

料理人としてのプライドが刺激され……って、領主さまか。文化の違いがあるとはいえ、そこまで料理にこだわらなくてもいいのに。

そんなリクさんを眺めながらパンプキンパイを食べていると、ふとあることに気づく。

「少し前から疑問に思っていたんですけど、どうしてリクさんだけ毛が生え変わるんですか？」

今まで綺麗な銀色の尻尾《しっぽ》だったはずなのに、根元がスッカリと金色に生え変わっていた。

「いや、獣人は毛が生え変わることなどないが……」

と言いつつ、自分の尻尾を確認したリクさんは、見たこともないほどの神妙な表情に変わる。

「まさか気づかないうちに魔獣化が進行していたとは。俺に流れる魔獣の血が、体を蝕《むしば》み始めたのかもしれない」

リクさんの言葉に、ダイニングが緊迫した空気に包まれた。

パンプキンパイで癒《い》やされていた獣人たちの和やかな雰囲気が、嘘《うそ》のような状況に陥《おちい》ってしまう。

しかし、特徴的な金色の尻尾に思い当たる節がある私は違う。とある魔獣とリクさんの姿が重なり始めていた。

「リクさんって、魔獣化するとどんなふうになります？」

「俺自身、魔獣化している時の記憶はないが……、馬より一回りほど大きい狼《おおかみ》の魔獣らしい。普段の銀色の毛並みとは違い、金色の毛並みをしているそうだ」

「もしかして、少し前に胸を押さえて倒れていたのは……」

「ああ。急速に魔獣化が進んで、自分の力で抑えられなくなったんだ。今まであんなことはなかったただけに心配していたんだが、まさか部分的に魔獣化が進むとは思わなかった」

リクさんの言葉を聞いて、私は確信する。

あの時にもふもふした金色の魔獣は、リクさんの魔獣化した姿だったんだ、と。

大人しい印象を抱いていただけに驚きを隠せないが、ジャックスさんの顔を傷つけるくらい凶暴であれば、話は変わる。のんびりと治療薬のレシピを探している場合ではなかった。

このままリクさんの身体を奪い取るように魔獣化が進行していけば、いずれ私たちのことも忘れて、身も心も魔獣になるのかもしれない。それはとても悲しくて、誰も喜ばないツラい現実になってしまう。

一刻も早くヒールライトで治療しなければならない。それがわかっているのに、肝心の治療薬の作り方がわからないなんて……。

良質なヒールライトが育っているだけに、悔しい気持ちでいっぱいだった。

しかし、魔獣化の悲しい現実と向き合い続けてきたリクさんは、なぜか首を傾《かし》げている。

「だが、妙な話だな。聞いていた毛並みとは違う。こんなにも綺麗な色合いではないはずなんだが」

「ん？　ヒールライトみたいに輝く毛並みじゃないんですか？」

「いや、金色なのは間違っていないが、もっと禍々《まがまが》しい雰囲気を放っているらしい。すぐに凶悪な魔獣だとわかるほどにな」

同じ魔獣を思い浮かべているにもかかわらず、大きな解釈違いが生まれてしまい、私は頭を悩ませる。

子供の頃に出会った時も、薬草菜園で再会した時も、私が見た魔獣は綺麗な金色の毛並みで大人しかった。でも、いつも禍々しい魔獣になっていたとしたら、リクさんの魔獣化が変化したと推測することができる。

あの日の夜、魔獣が取った行動を考えれば、結論はすぐに導き出せるだろう。

「もしかしたら、ヒールライトの魔力には、魔獣の血を落ち着かせる効果があるのかもしれません」

魔獣と薬草が関係していたのは、一目瞭然だった。

魔獣化したリクさんは、大人しく薬草を食べていたんだから。

「俺もヒールライトが影響しているように思う。ここまで魔獣化が進んでいるのに、自分で気づかないなどあり得ない。魔獣の血に影響を与えるものが近くにあるはずだ」

「この地で起きた大きな変化は、私が嫁いできて、屋敷の裏庭に薬草菜園ができたことですよね。

リクさんも屋敷の中で過ごしていますから、何かしら干渉を受けていると思います」

おばあちゃんがベールヌイ公爵に嫁がせたのも、昔の恩を返してもらおうと思っていたわけではなく、魔獣の血を鎮めようと思っていた可能性がある。

五十年前の災害に貢献した際、報酬金を寄付するような人なら、なおさらのこと。亀爺さまがレシピを残していないことにも説明がつくから、この推測が事実であっても不思議ではない。

アーネスト家が薬草栽培を続けてきた理由の一つは、きっとベールヌイ家の魔獣化を鎮めるためだったんだろう。

それなら、ヒールライトの魔力をもっと効果的に接種する方法を考えるべきだ。

「あの！　一度、煎じたヒールライトを飲んでみませんか？　薬として使うものですから、大量に飲まない限り、体に害を及ぼすことはありません」

「わかった、レーネに任せよう。このまま魔獣化するまで待ち続けるよりは、遥かに有意義な時間になるはずだ」

「では、私は良質なヒールライトを厳選して煎じます」

「頼む。俺は万が一のことを考慮して、万全の準備をしておこう」

急遽《きゅうきょ》、魔獣化を止める作戦を実行することになり、私はダイニングを飛び出して、薬草菜園に向かった。

魔力が豊富なヒールライトに感謝の言葉を伝えて摘み取り、リクさんに試飲してもらうため、魔力が壊れないように慎重に煎じる。

一般的には、他の薬草と組み合わせて薬を作るが、今回はそれをしない。変に混ぜて使うよりも、ヒールライトの魔力をそのまま取り入れてほしいから。

もちろん、確実に効果が出るとは言えない。煎じた薬草を飲んだ後、どんな結果が出るのかは、誰にもわからなかった。

ただ、おばあちゃんから受け継いだ薬草なら、悪くはならないような気がしている。

ヒールライトを煎じ終えると、魔獣の抑制効果を最大限に引き出せる場所と仮定して、薬草が生える裏庭で試飲することが決まった。

魔獣に良いイメージのないベールヌイ家の家臣たちは戦々恐々としていて、屋敷が騎士団に包囲されている。戦えない侍女や亀爺さまたちは街に避難して、もしも魔獣化が暴走した際に備え、被害を最小限に抑える準備を整えていた。

よって、裏庭には慣れ親しんだメンバーしかいない。

薬草の責任者である私と魔獣化の進行を止めたいリクさんはもちろんのこと、真っ先に魔獣を押さえ込む役目を持つ副騎士団長のジャックスさんと、魔物を威嚇できる侍女マノンさんがいる。

「嬢ちゃん、意外に勇気があるんだな」

顔に痛々しい傷をつけられたジャックスさんは、魔獣化したリクさんが怖いんだろう。早くも冷や汗を流して、警戒心を強めていた。

「大丈夫だ、奥方。私は魔物を追い払うのが得意。ライオンゆえにな」

一方、ライオン魂で勇ましいオーラを放つマノンさんは、私の護衛についてくれている。

いつでも『がおーっ』と吠《ほ》えられるように練習している姿は、最高に可愛《かわい》かった。

「じゃあ、皆さんも準備ができたみたいなので、そろそろヒールライトの試飲を始めましょうか」

煎じたヒールライトと共に水の入ったコップをリクさんに渡すと、現場は一気に緊迫した空気に包まれる。

ただ、魔獣に良いイメージしかない私には、あまり関係がない。姿かたちが変わったとしても、魔獣はリクさんであり、旦那さまでもある。

信じてあげるのも、つ、つつ、つ、妻の役目だから……！

「レーネも警戒しておけ。もしもの時は、いつ逃げても構わない」

「たぶん、大丈夫かと。もしもの時は、もふもふします」

「どういう感情だ？　頼むから無茶はしないでくれ」

リクさんが動揺すると共に、マノンさんが一段と警戒を強めた。

これでは私が無茶の常習犯みたいだ。思い当たる節があるだけに、言い返すことはできないけど。

心配するような表情を浮かべたリクさんだったが、煎じた薬草に視線を落とすと、ゆっくりとそれを口にした。

すると、煎じたヒールライトの魔力に呼応するように、リクさんが金色の光に包まれる。

銀色の毛並みが瞬く間に金色に変化して、獣のような手足になり、急速に魔獣化が進んでいく。

そして、完全にリクさんが魔獣化して、金色に輝く狼の魔獣になってしまった。

当然、ジャックスさんとマノンさんは警戒する。

しかし、魔獣化したリクさんの様子は明らかにおかしかった。

戸惑っているというか、慌てているというか。妙に落ち着かない様子で、周囲をキョロキョロしている。

「嬢ちゃんは下がってくれ」

「奥方は下がった方がいい」

武器に手をかけたジャックスさんが一触即発な雰囲気を発し、マノンさんがライオンの威厳ポーズを構えた。

そんな中、呑気《のんき》な私はしゃがんで手を差し出す。

「お手」

緊迫した空気が壊れるのも、無理はない。動物ならまだしも、魔獣に対してやるべき行為ではないだろう。

ただ、私は確信していた。

本気で言っているのか？と言わんばかりに戸惑う魔獣は、リクさんの意識が残っている、と。

「奥方、魔獣は人の言うことを理解しない。ここはライオンの威厳を見せつけ、追い払う時……！

ガオーッ!!」

マノンさん渾身《こんしん》のガオーッが炸裂した瞬間、そういうことか、と納得でもするかのように、魔獣がトコトコトコッと近づいてくる。

そして、私の手にチョンッと前脚を載せた。

「中途半端《ちゅうとはんぱ》に治療できたみたいですね。たぶん、リクさんの意識が残っていると思います」

ウンウンッと頷く魔獣を見て、現場に微妙な空気が流れる。リクさんの意識が残ったまま魔獣化するとは、誰も予想していなかったみたいだ。

こうなったら、確実に安全だと認識してもらうためにも、もふもふするしかない！

欲望に支配された私は、魔獣化したリクさんの首元に手を伸ばす。

「ほらっ、もふもふしても暴《あば》れませんよ」

すごい嫌そうな顔をされますけどね。リクさんの『この姿に慣れてないんだから、無闇《むやみ》に触らないでくれ』と言いたそうな気持ちがヒシヒシと伝わってきますよ。

これは、もふもふされることが心地いいと感じるように、体で覚えてもらうしかあるまい……などと考えているのは、私だけである。

ライオンの威厳ポーズを解除したマノンさんは、やっぱりまだ怖いのか、恐る恐るリクさんに触れようとしていた。

「ほ、本当にリクなら、獣化の使い方を教えないと。ずっとこのままだと、いろんな意味で困る」

「確かにそうですね。このままの姿では、リクさんが料理を作れません」

「奥方、たぶん問題はそこじゃない。領主として活動できないところだと思う」

まさかマノンさんにストレートな正論でぶん殴られる日が訪れるとは。リクさんの『本当に領主だと思っているのか？』という冷たい眼差しが胸に突き刺さる。

有耶無耶《うやむや》になっているけど、一応、私の旦那さまだと理解しているつもりだ。出会った頃と同じような程よい距離感を保ち、特に夫婦らしいことはしていないのは、どうかと思っている。

嵐の日は良い感じだったんだから、もう少し何かあっても……とも思うが、そのことは後で考えるとしよう。

どうにも魔獣化したリクさんが怖いみたいで、ジャックスさんが距離を取っているから。

「まっ、嬢ちゃんがそう言うのであれば、ダンナで間違いないんだろう。前みたいな禍々しい感じもしないしな」

「じゃあ、どうして距離を取っているんですか?」

「防衛本能ってやつだ。自然と距離を取っちまう」

単刀直入に言うと、ビビっているのかな。見た目の怖さだけで言えば、ジャックスさんの方が怖い顔をしているのに。

そんなことを考えていると、屋敷を囲んで警戒していた一人の騎士がやってくる。しかし、魔獣化したリクさんを見て、言葉にならない悲鳴を上げると共に、一瞬で腰を抜かしてしまった。

これがジャックスさんの言う獣人の防衛本能というものだろうか。獣人にしかわからない察知能力みたいなものが、本当にあるのかもしれない。

マノンさんが大丈夫なのは……、ライオンだからかな!

慌てふためく騎士をジャックスさんがなだめると、何やら緊急の連絡があったみたいで、一封の赤い封筒を手渡されていた。

国が不吉な知らせや緊急性の高い連絡に赤い封筒を使うと言われているため、なんだか嫌な予感がする。

「ダンナ、悪い知らせかもしれん。国から召喚命令が届いている」

ジャックスさんも良い気がしないみたいで、険しい表情を浮かべていた。

「ワウ?」

しかーし！　ここに来て魔獣化したことが仇《あだ》となり、リクさんが最高に可愛い声で鳴いた！

狼の獣人のはずなのに、鳴き声は犬っぽい。召喚命令よりもリクさんの生態が気になる……と思っていても、さすがにそんなことを言っている場合ではない。

国から領主宛に召喚命令が届いたのであれば、封筒を開けられる人は限られてくる。

「あの～、私がリクさんの代わりに開けてもいいですか?」

「嬢ちゃんならいいんじゃねえか」

リクさんも中身が知りたいのか、ウンウンッと頷いたため、遠慮なく開けさせてもらう。

ビリビリッと破いて確認してみると、中には二つの紙切れが入っていた。

「確かに片方は召喚命令ですね。もう片方は、パーティーの招待状が入っています」

「どういうことだ?　召喚命令のついでにパーティーに招待するなんて、聞いたこともねえが」

「わかりません。絶対にパーティーに参加しろ、という国王さまの強い意思表示かもしれません。あっ、私の名前も書いてある」

パーティーの招待状に関しては、リクさんに向けられたものではなく、ベールヌイ夫妻宛に届いている。

そこには『マーベリック・ベールヌイ、レーネ・ベールヌイ宛』と記載されていた。

普段から『奥方』や『奥さま』と呼ばれているものの、自分の名前が変わったところを見るのは、変に意識して照れてしまう。

私が実家で話を聞いた時には、ベールヌイ家から大金を受け取っていたから、その時点で結婚が成立していたに違いない。後でアーネスト家とトラブルが起きないようにと、気遣ってくれた結果なんだろう。

すでに自分が結婚していたという事実にムズムズするが、決して悪い気はしなかった。

「でも、どうして私にもパーティーの招待状が届いているんだろう。基本的に植物学士は招待されないはずなんだけど」

薬草栽培の届け出を出している植物学士には、王都で開かれるパーティーや式典の欠席が推奨されている。

数日も栽培者が薬草から離れれば、枯れる可能性が高いため、大きな被害が出てしまうから。

そのため、王都に住む植物学士以外には、パーティーの招待状は届かないはずなのだが。

「ダンナが召喚命令を受けたことと、何か関係しているのかもしれねえな」

「そうですね。まずはリクさんを元に戻すことを考えましょう。マノンさんが獣化の使い方を教えれば、大丈夫なんですよね？」

「うん。……たぶん。魔獣化も獣化も似たようなもの、のはず」

ちょっぴり不安を抱きつつも、マノンさんを信じて、リクさんを任せることにするのであった。

幕間 ✦ 変わらぬ心(アーネストside)

国王との約束を果たすため、新たに畑を耕したアーネスト家だったのだが……。

早くも同じ過ちを犯して、悲惨な状態に陥《おちい》っていた。

「私は何も悪くない。ただ水をあげただけだもの。また瘴《しょう》気《き》が沸いたとしても、私のせいじゃない!」

アーネスト伯爵の苦労も虚《むな》しく、新たに植えた薬草の種にカサンドラが水をあげた瞬間、大量の瘴気を吐き出したのだ。

もはや、言い逃れはできない。大地は死に、空気は汚れ、見るも無惨な光景が広がった。

ただ、運が良かったのか悪かったのか……。大きな嵐《あらし》がやってきた影響で、瘴気は洗い流されている。

せっかく耕した畑も使えなくなり、薬草の種も無駄になってしまったが。

「パパ、本当よ? 本当に私は何も悪いことをしてないのよ!」

当然、水をあげただけのカサンドラは無実を訴える。

一度でも豹変《ひょうへん》した父に敵視されれば、レーネの二の舞になりかねないため、必死だった。

しかし、現実に起きたことと、その必死な形相を見れば、アーネスト伯爵の中にも僅かな疑問が生まれてしまう。

本当にカサンドラは聖女なのか、と。

魔物の影響ではないことくらい、二度も同じことが起これば、誰《だれ》にでもわかる。少なくとも、カサンドラの水魔法がきっかけで瘴気が発生しているのは、明白なことだった。

「あなた、わかってあげて。私たちの可愛《かわい》い娘、カサンドラは本物の聖女なのよ。意図的にこんなことをする子じゃないわ」

いくら妻が擁護したとしても、言い逃れができるような状態ではない。現実は現実なのだ。

「信じてやりたい気持ちはあるが、どうにもならないこともあるだろ」

そして、アーネスト伯爵がカサンドラを庇《かば》えない理由は、もう一つある。

窓を閉め切っていても聞こえるほど、屋敷の外から数々の罵声が飛んできているのだから。

「これが貴族のやることか！　平和な土地を返せ！」

「猛毒を撒《ま》き散らしておいて、治療しないのか！」

「薬草を高く売るための策略だろ！」

嵐に流された瘴気の影響で、領地に多大なる被害を与えてしまった。

その結果、アーネスト家の屋敷前では、平民たちが大きな声を上げるほどの騒動に発展している。

こんな状況が国王さまの耳に入ってしまえば……。そんなことを考えるだけで、アーネスト伯爵は頭を抱えてしまう。

「もう終わりかもしれないな……」

思わず、心の声をボソッと呟《つぶや》くほどに。

「パパ、心配しなくても大丈夫よ。まだ薬草の種はあるんだもの」

「そうよ、あなた。カサンドラは聖女なんだから、薬草なんていつでも育てられるわ。こんな平民の戯言《たわごと》なんて、お金で解決してあげましょう」

平民なんて金をバラ撒いて黙らせればいい――、そう思っていたのだが。

「もうないんだよ。金が」

「えっ？」

「えっ？」

裕福な暮らしが染みついているアーネスト家にとって、大金を消費するのは容易《たやす》いこと。前回よりも良いドレスを、良い宝石を、良い娼館《しょうかん》を……。その積み重ねで出費が増え続けて、すでに金庫は空になっていた。

ましてや、その金がないから、アーネスト伯爵は自ら畑を耕していたのだ。

家族のために動いていたにもかかわらず、呑気《のんき》なことを言われれば、ついカッとなってしまう。

「薬草が豊作にならなければ、もう貴族として生きられないんだよ！」

簡単に金で解決しようと口にする妻と娘に対して、隠してきた現実を突きつけるしかなかった。

「パパ、どうしたの？　この間、国王さまと話をしてくるって言ってたじゃない」

「うまくいかなかったんだよ。内緒にしていたが、陛下にハッキリと言われたんだ。今年中に結果を出さなければ、爵位を返還しろ、と」

「じょ、冗談よね、あなた。だって、あなたは国王さまに好かれていると……」

「すまない。目をつけられていただけだった。このままでは、今まで受け取った補助金まで返済する羽目になってしまう」

衝撃の事実を聞かされた二人が沈黙すると、部屋には平民たちの荒々しい声だけが響き渡る。

嫌でも聞こえてくる言葉の数々が、どれほどの窮地に立たされているのかをよく物語っていた。

すべてはレーネを追い出したあの日から、状況が一変してしまったのだ。

買い込んできた宝石やドレスを売れば、一時的に金は入る。しかし、貴族の地位を失い、補助金を返済しようと思うと、まったく足りない。

立て続けに薬草の栽培に失敗して、騒動を起こしてしまった以上、どうすることもできなかった。

絶望的な状況に陥ったとアーネスト伯爵が落ち込む一方で、カサンドラは何かを思い出すようにハッとする。

「ねえ、パパ。まだ諦《あきら》めるのは早いわ。うちの薬草が栽培されている場所が、一か所だけあるかもしれないの」

「何を馬鹿《ばか》なことを言っているんだね。そんな場所があるはず――」

「お姉さまが薬草を持ち出してる。まだ化け物公爵に食べられていなければ、薬草が育っている可能性が高いわ」

僅かに見えた希望の光に、アーネスト伯爵は不気味な笑みを浮かべる。

「そうか、その手があったか！　レーネから薬草を奪ってしまえばいいのだ！」

「パパ、奪うなんて人聞きが悪いわ。薬草は、返してもらうのよ。だって、元々はうちのものなんだもの」

「ハッハッハ、そうだったな。よく考えれば、薬草を不作にしたレーネが悪いんだ。こんなことになった責任を取るのは、当然のことであろう」

今まで虐げてきた家族が、レーネの意思や都合など考えるはずがない。

自分たちにとって都合の良い存在であり、何をしても許されるものだと思っていた。

同じ血が流れる父と娘の関係。それはいつまでも変わることのない事実なのだから。

すべての責任をレーネに押しつけることに決めたアーネスト伯爵は、平民たちを説得するため、堂々とした態度で屋敷の外に赴く。

「聞いてくれ！　此度《こたび》の件は、皆もよく知っているレーネという娘がすべて悪いんだ！」

信頼が地に落ちたアーネスト伯爵の言葉に、いったい誰が耳を傾けるだろうか。

もはや、それは自分を疑ってほしいと言っているようなものだった。

「アーネスト家の血を引かぬよそ者が馬鹿を言うな！　レーネさまは正統な聖女の血を引くお方だぞ！」

「受け継いできた薬草が瘴気を生み出し、心を痛められているはずだ！」

「先代が亡くなってから食事が喉《のど》を通らないと聞いていたが、本当だったのか！」

小さな女の子が薬草を守ってきたことくらい、この地に住む人なら誰でも知っている。分娩直後に母を亡くし、僅か八歳で祖母を亡くしたレーネに、同情しない者はいなかった。

そのショックを引きずるかのような痩せこけた姿と、祖母との思い出に浸るようなボロボロの服を見て、領民たちはずっと遠くから見守り続けていたのだから。

下手に声をかければ、傷つけるだけかもしれない。いつか元気な姿を見せてくれた時に力になってあげよう、と。

しかし、急にレーネの姿が見えなくなり、こんな事件の罪を着せられたとなれば、領民たちが怒るのも無理はない。

レーネがいなくなったアーネスト家に、信頼と言う文字は存在しなかった。

「待ちたまえ！　現アーネスト家の当主は私であり、本当の聖女は娘のカサンドラで――」

「ふざけるな！　瘴気を作り出す聖女がどこにいる！」

「お前たちは悪魔だろ！　こんなことをしやがって！」

「レーネさまをどこにやった！　この地にいらっしゃるのか！」

暴動に発展しそうな領民たちの姿を見て、アーネスト伯爵はすぐに屋敷に戻る。

「ダメだ、領民は瘴気で混乱している。人の話を聞こうとしない」

「どうするの、パパ。このままだと、無実の罪で私たちが殺されてしまうわ」

「奴等《やつら》の様子を見計らって、いったん王都へ逃げよう。もしかしたら、近日開かれるパーティーにレーネが顔を出すかもしれない」

決して自分たちに非があると認めない彼らは、奇《く》しくもレーネが招待を受けたパーティーに参加しようと、夜逃げを決意する。

しかし、目をつけられているアーネスト家の現状が、国王に伝わらないはずがない。

破滅の未来に近づくとも知らずに、彼らは王都へ向かう準備をするのであった。

第八章 ✦ 守るべきもの

王都でパーティーが開かれる当日。

薬草栽培とパーティーの参加を両立する秘策ができたため、私とリクさんは薬草菜園の前でのんびりと過ごしていた。

「くんくん。今朝《けさ》はチーズの香りですね」

「獣人の真似事《まねごと》をするな」

「いつも良い香りがするリクさんが悪いんですよ。今日の朝ごはんは何ですか？」

「今日はピザパンという他国の料理をモチーフにしたものだ」

なんだ、その料理は。どうやら今日は新作料理が楽しめるらしい。と、朝から花より団子の私である。

実家にいた頃は朝ごはんなんて食べられなかったのに、今ではリクさんの朝ごはんを食べないと一日が始まらないと感じるほど、餌付けされていた。

その影響もあってか、リクさんが旦那さまとわかった後でも、相変わらず夫婦らしい関係を築けていない。変に意識することもなく、互いに緩い雰囲気のまま接している。

「そういえば、もうそろそろスイート野菜が大量に収穫できますけど、どうされます？」

「必要な分だけ屋敷で買い取り、残りは街で販売するべきだと考えている。売れ残るようであれば、保存が利《き》く干し野菜にしてもいいだろう」

「じゃあ、収穫したものは、いったん屋敷に集めるように言っておきますね」

「それで構わないが……。スイート野菜に関しては、レーネが中心になって育てたものだ。今後のことも含めて、レーネの意志を尊重しようと思っている」

「いえ、現状でも十分に好き勝手にやらせていただいておりますので、リクさんにお任せします」

気遣ってくれたリクさんには申し訳ないが、みんなで毎日つまみ食いするくらいには、自由にやらせてもらっている。

なんだったら、マノンさんにお願いして、すでにマノン式カボチャジュースの開発にも成功していた。

スイートカボチャをミルクで割ることで、野菜の芳醇《ほうじゅん》な甘みが際立《きわだ》ち、飲みやすい。野菜畑を眺めながら飲むカボチャジュースは、ピクニックのように開放的で、より一層おいしく感じた。

そして、早くも第二弾の制作にも着手しており、寒い時期にピッタリなカボチャのポタージュを開発中である。

身も心も温まるカボチャのポタージュを飲み、部屋でのんびりと過ごせる日が来るのも近いかもしれない。マノンさんが頑張って開発を進めてくれているので、完成するのを楽しみにしている。

そんな意欲的に活動してくれるマノンさんが、朝の仕事をこなすため、厳しい教官みたいな雰囲気で近づいてきた。

「リク、魔獣化の訓練をする」

煎じたヒールライトを飲んだリクさんは、魔獣の血を抑え込むことに成功して、意図的に魔獣化できるようになっている。

しかし、どれくらい効果があるのかわからないし、まだ体の一部だけを魔獣化させることはできない。どうしても魔獣の姿になってしまうので、朝は魔獣化の訓練をして、制御能力を高めるようにしていた。

リクさんが好きでやっているかは、別にして。

「もう十分に魔獣化を制御できるようになっただろう。トレーニングはしなくてもいい」

「ダメ。今日はリクが魔獣化して、奥方を王都まで運ばなければならない。訓練は必要」

両腕を使って大きくバッサインを出すマノンさんを見て、リクさんは渋い表情を浮かべる。

召喚命令を受けたリクさんと違い、植物学士の私はパーティーに参加する義務はない。しかし、魔獣化したリクさんに乗れば、数十分で王都に到着すると発覚したため、同席することにしていた。

よって、マノンさんの指導の下、魔獣化の厳しいトレーニングが続いている。

「文句を言っても仕方ないか。できるだけ魔力は温存しておきたいから、訓練は短めにしてくれ」

「大丈夫。無理をさせるつもりはない」

「魔獣化するのは、普通に恥ずかしいんだがな……」

ちょっぴりボヤくリクさんは、なんだかんだで私の名前が出ると受け入れてくれる傾向にある。

優しい性格が影響しているのか、旦那さまとしての役目を果たそうとしてくれているのか、別の理由があるのかはわからない。ただ、結婚の理由がハッキリした以上、どうしてそこまでしてくれるのか、気になって仕方がなかった。

いったい私のことをどう思ってくれているんだろう。毎日話しかけてくれるから、嫌われているわけではないと思うんだけど。

直接聞く勇気が持てない私が見守る中、リクさんが魔力を使って、金色に輝く魔獣に変化する。

準備が整ったところで、魔獣化を制御する厳しい訓練が今、裏庭で始まろうとしていた……！

「よし、奥方。いつものあれを」

「わかりました」

マノンさんの合図と共に、魔獣化したリクさんに抱きついた私は、全力でもふもふを開始する。

どこが訓練なのか、ただ欲望を解き放っただけではないのか、と疑問に思うかもしれない。しかし、これは魔獣化を制御するためのちゃんとした訓練だった。

マノンさん曰《いわ》く。獣化が暴走する原因は、心が乱れて魔力が制御できなくなることにあるらしい。

リクさんは特殊な魔獣化を用いるので、どんなことがあっても平然と過ごす心が求められる。

よって、獣人が大事にしている耳をもふもふされ、ついでに体ももふもふされるという恐ろしいストレスに耐え抜く訓練を実施して、強靭《きょうじん》な精神力を身につけているのだ。

人の身では厳しさがわかりにくいが、髪を解かしたばかりでワチャワチャされると不快に感じるので、見た目以上に厳しい訓練なのは間違いない。

もしリクさんの魔獣化が暴走したら、誰《だれ》かが犠牲になるかもしれないから、私は心を鬼にして厳しい訓練を実施する義務がある。

これもすべてリクさんのため……という雰囲気を放ち、全力でもふもふを楽しんでいた。

「さすがリク。強靭な心で持ち堪えている」

「そんなにツラいものなんですね。とても触り心地のいい毛並みですが」

「普通の獣人なら、三分も持たない。ましてや、全身を獣化させてベタベタと触られるなんて、私には絶対に無理」

ブンブンッと首を横に振ったマノンさんは、鳥肌でも立ったのか、両腕をさすっていた。

見ているだけのマノンさんがこんな感じなので、実際にやられているリクさんは、かなり憂鬱《ゆううつ》な気分だろう。魔獣化の訓練が終わったら、もう二度ともふもふさせてもらえないかもしれない。

……リクさんには申し訳ないが、一生分のもふもふを堪能させていただく気持ちで訓練に挑もう。

欲望全開でもふもふした毛並みを撫《な》で回していると、さっきまで嫌そうに見ていたマノンさんが首を傾《かし》げていた。

「うーん。でも、リクは喜んでいるような気もする……」

不意にマノンさんが変なことを言うため、ひょいっと顔を覗《のぞ》き込んでみるが、リクさんはムスッとしている。

早く終わってくれ、と言わんばかりに素っ気ない表情をしていた。

「マノンさんの見間違いではないでしょうか。会話ができなくても、今のリクさんは人の心が残っていますから、こんなことで喜びませんよ」

「なんか、怪しい……」

疑いの目を向けるマノンさんを見て、私はあることを思い出す。

リクさんが無意識に魔獣化していた時、普通にもふもふしても嫌がるような様子はなかった。

実は触られる人や触り方によって感覚が違い、気持ちいいから魔獣化の訓練を続けていた、なーんてことはないと思うんだけど。

物は試しだと思った私は、リクさんの正面に立ち、耳周りをワシャワシャワシャ……としていく。

すると、我慢できなかったのか、次第に目がトロ～ンとなっていった。

人族よりも味覚や嗅覚が鋭い獣人は心地よさも強く感じる、そうわかった瞬間である。

リクさんが恥ずかしいとボヤいていたのは、こんな姿を誰にも見られたくなかっただけではないだろうか。

「リクさん？　今までちゃんと訓練していまし……あっ！　逃げた！」

居たたまれない気持ちになったみたいで、リクさんは猛ダッシュで立ち去り、訓練を放棄してしまった。

それと同時に、入れ替わるように亀爺《じい》さまがやってくる。

「奥さまや、思い出しましたぞ。魔獣化を止めるには、ヒールライトを煎じて飲むだけでも効果があるんじゃよ。継続して飲み続けることで、魔獣の血は落ち着きを取り戻していきますぞ」

「やっぱりそうだったんですね」

「なんと！　すでに知っておったとは。もしや、奥さまはアーネスト家出身では？」

「まあ……はい。アーネスト家から嫁いできたんです」

だった。

「やはり！」

驚愕《きょうがく》の表情を浮かべる亀爺さまには申し訳ないが、リクさんの様子を見る限り、予想の範囲内だった。

その事実が確定しただけでもありがたいんだけど……。亀爺さま、もう少し早く思い出してほしかったよ。魔獣化の暴走を防ぐために訓練していたはずなのに、すでに別の方法で解決済みだとは思わなかった。

もしかしたら、リクさんは魔獣化が暴走しないと気づいていたのかもしれない。でも、私がもふもふを楽しんでいたから、言いにくかったんだろう。

まあ、別の見方もできるけど……と思っていると、マノンさんが私の服を軽く引っ張った。

「リクは、奥方にもふもふされたかっただけなのかな」

「どうなんでしょうか。一応、このことは内緒にしておきましょう」

「わかった」

リクさんのプライドを守るために口止めするが、本当のことが気になって仕方ない。

わざわざ私に撫でられようとしていたのは、深い意味があるんだろうか。考えてもわからない問いに、頭の中がグルグルとしている。

「奥方。今日は朝ごはんを食べたら、早めにパーティーの準備をしよう」

「あっ、そうですね。最低限のマナーだけでも覚えていかないといけませんし、急いだ方がいいかもしれません」

「その心配はいらない。笑顔を見せたら大丈夫、って聞いたことがある」

「それはきっとマノンさん用ですね。人族のパーティーは、いろいろとややこしいマナーがあるみたいですよ」

今日のパーティーでは、リクさんと二人きりで参加する。そこで思い切って聞いてみるのもいいかもしれない。

そう思いながら、私はマノンさんと一緒に朝ごはんを食べにダイニングへ向かうのだった。

＊＊＊

星が輝く夜を迎える頃、公爵夫人としてパーティーに参加する私は、それに相応《ふさわ》しい格好をしていた。

髪やメイクを整えて、宝石付きのネックレスを身につけ、緑のドレスを着せてもらっている。見た目だけなら淑《しと》やかに見えるかもしれないが、礼儀作法に難があるため、今日はリクさんの隣で大人しく過ごすと決めていた。

だって、獣人国との文化の違いが裏目に出て、礼儀作法を教えてくれる人がいないから。

「奥方、困った時は笑顔ね」

「嬢ちゃんは愛嬌《あいきょう》を振りまいていれば、問題ないと思うぜ」

「奥さまや、人は心で通じ合うものですぞ」

ベールヌイ家に嫁いできて、初めて頼りないと思った出来事だった。

何か問題が起きた時はリクさんに任せようと、私は他力本願である。

「ガウ」

肝心のリクさんはすでに魔獣化しているので、言葉を交わすことはできない。ただ、夜は毛並みが金色に輝くせいか、なんとなく凛々《りり》しく見えていた。

あまり待たせるのも悪いと思い、ドレスが引っ掛からないように気をつけながら、ゆっくりとリクさんにまたがる。

「よいしょ……っと。ふぅ～、思ったよりも乗り心地がいいですね」

フカフカのクッションのような座り心地と、包み込んでくれるような柔らかい毛並みに癒《い》やされる。何よりリクさんの体温が直接伝わってきて、とても温かかった。

「ガウッ」

「あっ、はい。ちゃんと捕まりますので、大丈夫です」

リクさんに注意されたような気がして、もふもふした毛をつかむ。

「では、行ってきます。薬草たちはお留守番ができるので、薬草菜園に近づかないでくださいね」

「うん、大丈夫。いってらっしゃい」

「いってきます」

マノンさんたちに見送られながら、魔獣化したリクさんが足をグッと踏み込み、勢いよく駆け抜ける。

たった数十分の時間でも、リクさんと二人きりでお出かけできるなんて、とても夫婦らしいイベントかもしれない。もふもふに癒やされながらの旅……いや、公務という名のデートと言っても過言ではないだろう。

せっかくオシャレしてきたんだから、こういう時くらいは女の子らしく過ごしたい。

なーんて一人で盛り上がっていたのだが――。

「゛あべべべべ」

現実は甘くない。リクさんが猛スピードで走る影響で、強風に襲われてしまった。

何日もかかる道のりを数十分でたどり着こうと思えば、猛スピードで走るのは当然のこと。デートに浮かれすぎて、強風を受け流すための風魔法を展開し忘れていた。

「ガウ？」

もふもふした毛を強く引っ張った影響か、立ち止まってくれたリクさんが何気ない表情で振り向く。

「い、いえ、何でもありません。先に風魔法を展開してから走りましょう」

「ガ、ガウ……」

ちょっぴり落ち込む様子を見せるリクさんだが、大きな問題はない。髪が崩れたとはいえ、櫛《くし》で解いてきた程度なので、自分で手直しくらいはできるはずだ。

そのため、風魔法をしっかりと展開して、同じ過ちを踏まないように心がける。

「じゃあ、改めて王都に向かいましょう。……ちょっとだけゆっくりでお願いします」

「ガウ」

今度こそ楽しいもふもふの旅を過ごそうと思いながら。

＊＊＊

魔獣に乗って風魔法を使い続けることにも慣れ、何日もかかる距離を数十分で駆け抜けると、大きな街と明かりが見えてくる。

もう着いてしまったのか……と、ちょっぴり残念な気持ちを抱いていると、急に見えている景色が大きく変化した。

リクさんが防壁をぴょーんっと軽々と飛び越えた瞬間、王都の街並みをライトアップしたかのような光景が目に飛び込んでくる。

「うわ～！　綺麗《きれい》ですね……！」

「ガウガウ」

薬草菜園で見る魔力の輝きも綺麗だが、王都を見下ろす夜景も負けじと綺麗だった。

しかし、ジャンプしている僅かな時間しか見ることができないため、景色はどんどんと流れていく。

今度は段々とお城が近づいてきて……ん？　お城？　えっ！　王城に乗り込むの⁉

そう思った時には、もう遅い。王城の中でも一際《ひときわ》大きなベランダの上に着地した瞬間、武器を構えた屈強な騎士たちに取り囲まれてしまう。

それもそのはず。ベランダのある部屋で書類整理している人物は、この国で一番身分の高い方だったのだから。

「フハハハ！　まさかそう来るとはな、マーベリック。手紙が届いていたからよいものの、反逆だと思われてもおかしくないぞ」

すぐに国王さまの部屋だと察した私は、一気に血の気が引いた。

「ククク ッ。当主のくせして、結婚したら飼われる立場になる奴《やつ》がおるとは」

まあ……国王さまが面白《おもしろ》がってくださっているから、許してもらえそうな雰囲気はある。

一触即発だった騎士たちにも、戸惑いの色が見え始めていた。

「ガウッ」

国王さまの言葉を聞いて、リクさんはフンッとへそを曲げてしまうが。

「ちょっと、リクさん!?　召喚命令で呼び出されているんですから、穏便にお願いしますよ」

「ガ、ガウゥ……」

いつも沈着冷静な感じなのに、国王さまに反抗してどうするんですか、まったく。一番心地よさそうな首元を撫でてあげますから、もうちょっと落ち着いてくださいね。よしよし。

「……まさかとは思うが、本当に飼われているのではあるまいな？」

「えっ？」

「ガウ？」

どうやらリクさんがだらしない表情をしていたらしい。これ以上は本当に誤解を招きかねないので、先に魔獣化を解くべきだろう。

「失礼ながら、ちょっとお待ちください」

ドレスがめくれないように慎重に降りると、私はリクさんの背中をポンポンッと軽く叩《たた》いて合図を送る。

すぐに魔獣化を解いたリクさんは……、だらしない表情を浮かべていた自覚があるみたいで、顔が真《ま》っ赤《か》になっていた。

「夜間は門が閉まっているため、強行突破してきた結果だ。他に問題にならなさそうな着地場所が見当たらなかった」

平然とした表情で言うものの、リクさんはどこか恥ずかしそうにソワソワしている。

その姿を見た国王さまは、コホンッと大きな咳払《せきばら》いをした。

「事情を知らぬ者も多いであろうし、仕方あるまい。お前たちも下がってよいぞ」

「ハッ！」

国王さまの一言で、取り囲んでいた騎士たちが部屋を退出した。

すごい勢いで飛び出してきたから、きっと国王さまの近衛騎士だろう。魔獣が襲撃してきたわけではないとわかり、安堵《あんど》しているように見える。

ジャックスさんでも恐れていたくらいだからなーと思っていると、リクさんと目が合った。

「レーネは先にパーティーに参加していてくれ。俺《おれ》は召喚命令の件がある」

「いえ、国王さまに失礼でなければ、私も同席したいと――」

「頼む。これ以上、国王に茶々を入れられたくはない。あの顔を見ても、同じことが言えるか？」

そう言われて国王さまを確認してみると……、とても悪い顔をされている。

召喚命令と聞いて何事かと思っていたけど、二人の仲は悪くないみたいだ。罪を犯して罰せられるのではなく、信頼できるリクさんに任せたい用事ができたため、わざわざ呼び出したんだろう。

「じゃあ、先にパーティー会場に向かいますので、早めに来てくださいね？」

「わかった。それまでパーティー料理でも食べて待っていてくれ」

我が儘《まま》を言うべきではないと思った私は、大変恐縮しつつも、国王さまの部屋のベランダから王城にお邪魔させていただいた。

礼儀作法を知らなくても、絶対にやってはならない登城の仕方だとわかる。

次に王都に来る機会があれば、門が開いている明るいうちに足を運ぼうと思った。

＊＊＊

国王さまが侍女を手配してくれたため、そのまま案内されて、パーティー会場にやってくる。

広々とした部屋に大勢の貴族が集まっている立食パーティーで、とても煌《きら》びやかな光景が広がっていた。

早くも一人で来たことを後悔するほど、参加者が多い。数え切れないほどの美男美女が高貴な服を身にまとい、料理やワインを片手に言葉を交わしている。

こんなにも大勢の貴族が集まっているとは思わなくて、戸惑いを隠せなかった。

「私の場違い感がすごいなー……。早くリクさんが来てくれるといいんだけど」

小さい頃から薬草の仕事に取り組んでいた私は、社交界デビューをしていない。同年代の貴族に知り合いがいるはずもなく、パーティーの雰囲気に馴染《なじ》めそうになかった。

おいしそうな料理が用意されているから、リクさんが来るまで大人しく待っていよう。

パーティー会場をウロウロしながら、人目の少ない場所を見つけて、順番においしそうな料理に手をつける。

今までの私だったら、あまりのおいしさに飛び上がっていたかもしれない。でも、一人で食事するのは寂《さび》しく、リクさんの料理の方がおいしく感じた。

どれだけパーティー会場が賑《にぎ》わっていたとしても、ベールヌイ家の賑やかな雰囲気と比べたら、どこか落ち着かない。周りの人たちもぎこちなくて、腹を探り合っているような印象を受ける。

参加する貴族たちにとって、ここは単なるパーティーの場ではなく、人付き合いという名の仕事場なんだと悟った。

こういう場で独りぼっちだと心細いなーと思っていると、一人の見知った女性が近づいてくる。

「お姉さま！　よかった、ここにいたのね！」

「えっ……。カサンドラ？」

久しぶりに会いたくない妹を見て、私は警戒した。

実家を離れたとはいえ、長年同じ屋根の下で過ごしてきた妹を忘れることはできない。今まで数々の嫌がらせをされ、マウントを取られ続けてきたのだから。

しかし、いつも派手なドレスを着ていたはずのカサンドラは、随分とこう……みすぼらしいドレスを着ていて、明らかに様子が変だった。

「どうしたの？　そんな格好をして」

「こっちの台詞《せりふ》よ。頬《ほお》が瘦せこけて可愛《かわい》かったお姉さまが、こんなにもふっくらして……」

見間違えられたのは、私も同じらしい。実家で暮らしていた時と比べれば、生活水準が何倍にも上がっているため、驚かれるのも無理はないだろう。

服装や体型が違うのはもちろん、肌の色艶《つや》や髪質まで変わっていた。

そして、それはカサンドラにも同じことが言える。私と違って、悪い意味で、だが。

「カサンドラは少し瘦せたみたいね」

「そうなの。お姉さまがいなくなって、大変だったから」

「大変？　あれほどの大金を手にしたのに？」

ベールヌイ家に嫁ぐ際、アーネスト家の十年分の収入ともなる金貨八千枚が支払われている。

この短期間のうちに使い切り、状況が悪化するなんて、どう考えてもあり得なかった。

ただ、事態は思っている以上に深刻みたいで、カサンドラは真剣な表情を浮かべている。

「お姉さま、先に確認させて。アーネスト家で育てていた薬草は、お姉さまが持っていったわよね？」

「もちろん。今でも大切に育てているわ」

「よかった。じゃあ、それを全部返してほしいの」

突然、予想だにしないことを言われた私は、目が点になってしまう。

分けてほしいとか、買い取らせてほしいなら、まだわかる。しかし、返してほしいと言われるのは、まったく理解できなかった。

「どういうことか説明してもらってもいい？」

「お姉さまはアーネスト家を出ていったんだから、薬草を受け継ぐ資格がないわ。返してもらうのは、当たり前のことよ」

見た目や服装は変わったけど、中身までは変わっていないみたいだ。今までの経験から推測すると、栽培し終わった薬草を奪い取り、自分たちのものにしたいんだと容易に推測できる。

普通に考えて、こちらの薬草はベールヌイ家の所有物であり、私だけのものではないとわかると思うんだけど。

「あのね、カサンドラ。婚約の条件に提示されて、アーネスト家が了承した以上、そんな言い分は通らないの」

「お姉さまの意見は聞いてないわ。私が返してって言ってるんだから、返さないとダメよ」

王都で開かれているパーティーの最中に、そんな我が儘を言い出さないでほしい。私たちの様子が変だと、周囲の貴族が気づき始めている。

ただ、気にした様子を見せないカサンドラは、睨《にら》みつけてくるように目を細めた。

「それにね、幸せそうな生活を送るお姉さまなんて、見ていられないの。泥水でもすすっていそうな、顔色の悪いお姉さまが好きだったのに」

カサンドラが嫌悪感を前面に出してくると同時に、絶対に会いたくなかった二人の男女が近づいてくる。

「おお、レーネ。まだ化け物公爵に食われていなくて安心したよ」

「本当によかったわね、あなた。おいしそうな肉付きになるまで、育てられていたみたいよ」

残念なことに、父と義母までパーティーに参加していたらしく、顔を会わせることになってしまった。

「さあ、レーネ。悪いことは言わない。持ち出した薬草を返しなさい。獣臭い獣人共が使うには、もったいないものだ」

「そうよ。あなたにも不要なものだから、カサンドラのものとして使ってあげるわ」

まるで私が悪いと言わんばかりの口調で、父と義母にまで薬草の返還を求められてしまう。

しばらく会っていなかっただけで、相変わらず自分たちの都合しか考えていない。少し会話しただけで、この人たちも何も変わっていないと察することができた。

もしもアーネスト家の中で変わった人物がいるとすれば、意外にも私なのかもしれない。

「どういう意図があるのか知りませんが、正式な取引として、薬草の株分けは認められたものです。今はベールヌイ家の所有物になります」

今までこの人たちに何を言われても聞き流せていたのに、今はそれができない。リクさんやベールヌイ家の悪口を聞いて、思わず感情が高ぶってしまい、反射的に反論していた。

こうやって反論すれば、父は逆上して怒りを露《あら》わにするはずなのだが……。なぜか今日はぎこちない笑顔を作って、表面を取り繕っていた。

「ま、待ちなさい、レーネ。仕方ない、アーネスト家に戻ることを許可してやろう」

「そ、そうね。薄汚い娘にピッタリな物置……いえ、部屋を用意してあげましょう」

「し、心配しなくても大丈夫よ、お姉さま。今までと同じ生活は保障してあげるわ」

私はいったい何を言われているんだろう。今さら実家に戻り、以前と同じような生活を送れと言われても、了承するはずがなかった。

食べるものもない、着る服もない、寒さを凌《しの》ぐ布団《ふとん》もない。育てた薬草の利益《りえき》はすべて持っていかれ、埃《ほこり》のかぶった部屋で生活する。

そんな生活に戻りたいと思う人は、この世にいない。この人たちも私と暮らしたくないから、心ない提案しかできないいんだと思う。

薬草という収入源が欲しいため、妥協したつもりで提案しているのだ。

もういい加減にしてほしい。私はもう、あなたたちと関《かか》わるつもりはないんだから。

「実家に戻るつもりはありませんし、薬草を渡すこともありません。私は今、公爵夫人として幸せに過ごしておりますので、邪魔しないでいただけませんか？」

ハッキリとした口調で伝えると、本性を現すかのように父は激怒して、口元を歪《ゆが》める。

「下手に出ていれば、いい気になりおって！　いいから親の言うことを聞け！」

力強く握った拳《こぶし》を振り上げる姿を見て、私は静かに目を閉じた。

王都のパーティー会場で暴力事件を起こしたら、今後は二度と関わらなくて済む。自分のために
も、ベールヌイ家のためにも、この場で実家と縁を切るべきだと思った。

しかし、一向に父の拳が届く気配がない。その代わり、顔を撫でるように何かに触れられて、く
すぐったい。

チラッと目を開けて確認してみると、そこには銀色の尻尾《しっぽ》がユラユラしていて、私の顔を撫でて
いた。

「伯爵家が公爵家に敵対したと受け取った。何か言い訳はあるか？」

聞き慣れた声が耳に入り、リクさんの大きな背中だけが、私の瞳《ひとみ》に映し出される。

そこからひょこっと顔を覗かせると、殴ろうとした父の手をリクさんがつかんでいる姿が見えた。

「で、でで、で、出たな。化け物公爵……」

「なんと呼ばれようと気にしないが、明確な敵意は持っているようだな」

パーティー会場という大勢の貴族が見ている前で、父はとんでもない言葉を口にしている。

いくら身内とはいえ、伯爵家と公爵家では身分が大きく違うため、失礼極まりない発言だった。

ましてや、それを本人に直接伝えるなど、普通では考えられない。パーティーに参加していた周
囲の人々も言葉を失い、彼らに冷ややかな視線を向けている。

どうやら獣人を差別する思想を持っているのは、一部の人しかいないみたいだ。実家では、黒い
噂《うわさ》が絶えない化け物公爵だと聞かされていたけど、貴族たちがリクさんを恐れているような様子は

見られない。

その光景にホッと安堵しつつも、今回の騒動を起こした原因は私にもあるので、リクさんの背中で隠れることをやめた。

「父がすみません。よくわからないんですけど、急に理不尽な要求をされて、ついカッとなってしまいました」

「構わない。どうせ薬草をよこせとか言ってきたんだろう」

「あっ、はい。よくわかりましたね」

「まあな。国王の話では、もはやアーネスト家に救いようの余地はないらしい。現状、かなり厳しい財政難に陥《おちい》っているそうだ」

国王さまの話？　財政難？　リクさんの言葉を聞いても、頭でうまく理解できない。裕福な暮らしを続けたとしても、あれほどの大金を使い切る方が難しいだろう。

「おまけに、アーネスト家には様々な容疑がかけられている。その中でももっとも重い罪となるのが、毒物を使った無差別殺人未遂の疑いだ」

「ど、毒物⁉」

予想外の容疑に驚いた私は、思わず大きな声を出してしまった。

パーティーに似合わないその言葉がどんどんと広がり、この場が異様な雰囲気に包まれていく。

この状況を見て、さすがにマズイと思ったのか、どうにか落ち着かせようとした父が慌てふためき、リクさんの手を振り払った。

「な、何を言っているんだ！　あの件は誤解であろう」

どうやら思い当たる節があるらしい。墓穴を掘ったかのように『あの件』と言っている時点で、あまり良い予感はしなかった。

実家で薬草栽培していた私には、あの土地で毒物が取れないことをよく知っている。ただ、殺人未遂が起こるような毒をバラ撒《ま》く方法は、思い当たる節が一つだけあった。

「もしかして、薬草に手をつけましたか？」

「当然のことだ。アーネスト家は薬草栽培を生業にしているのだからな」

どうりでそんな容疑がかかっているわけだ。薬草は薬にも毒にもなる植物であり、栽培に失敗すると瘴気《しょうき》を発生させるため、法律で規制されているというのに。

「植物学士の資格を持たない者は、薬草栽培を禁止されていますが」

「そんなもの知ったことか！　無事に薬草が育てば、何も問題はあるまい！」

仮にも貴族であろう者が、王城で開かれているパーティーで、この国の法律を否定するべきではない。どこまで本当なのかわからないが、今の発言で違法栽培の罪は確定してしまっただろう。

しかも、無事に薬草を育てられなかったから、無差別殺人未遂という重罪の容疑がかかっている。

それなのに、反省している様子は見られなかった。

思わず、リクさんが険しい眼差《まなざ》しを送るのも、無理はない。

「大勢の領民に害を与えて、後悔すらしていないのだな」

「後悔だと？　何も悪いことはしていないであろう、馬鹿馬鹿《ばかばか》しい。やはり、獣人の頭は獣並みのようだな」

ましてや、自分たちが悪いと認識している様子もない。種族が違うだけで獣人を差別して、あからさまに敵対心をぶつけるなんて、手に負えるような状態ではなかった。

少しでも人を敬う心を持っていたり、薬草に興味を持ったりしていれば、結果は違ったのかもしれない。

瘴気の浄化の仕方は、植物学で最初に教わることだから。

「何を言っても無駄みたいですね。瘴気の治療くらいはしてあげようと思っていたんですが」

「寝ぼけたことを。馬鹿《ばか》な平民と違って、我々は瘴気に毒されてなどいない」

父は平然とした表情で否定するが、薬草に囲まれた実家に住んでいて、瘴気の影響を受けないはずがない。

その証拠と言わんばかりに、瘴気を吸い込んだ形跡が存在していた。

「三人とも、首に青くて丸いアザがいくつかできていますよね。それは体内に瘴気が入り、少しずつ蝕《むしば》まれている証拠ですよ」

恐る恐る互いに首元を確認すると、三人の表情が見る見る青ざめていく。

「ま、まさか。死ぬ……のか？」

「嫌よ！　まだ死にたくないわ！」

「お姉さま、何かの間違いよね？　大丈夫だよね？」

王都まで無事に足を運んでいる時点で、軽傷なのは間違いない。あまり大きなアザにもなっていないので、瘴気を吸ったのは僅かな量だろう。

幸か不幸か、何週間も放置しない限り悪影響はなかった。

「一時的に魔力に障害が出る程度で――」

「死ぬぞ」

えっ？　これくらいなら死なないけど……と思いつつも、リクさんのとぼけた顔を見て、私も意見を変えることにした。

何を言っても聞かない人には、脅すくらいがちょうどいいのかもしれない。貴族が瘴気を発生させたとなれば、どのみち重罪は免れないだろう。

それにアーネスト領に住む人たちは、もっと苦しんでいるはずだから。

「じっくり見てみると、思ったよりも進行が早いです。すぐに治療しないと、難しいかもしれませんね」

そんなことを真剣な表情で言ってみると――、

「早く治療しろ！　見殺しにするつもりか！」

「本当に使えない女ね！　呑気《のんき》なことを言う暇があると思っているのかしら」

「お姉さま、私は聖女なのよ！　早く治療しないと罪に問われるわ！」

などと、とんでもないほど自分勝手な意見が返ってきた。

果たして、治療される側の立場だとわかっているんだろうか。やはり、彼らが本当の化け物に違いない。

こんな手の付けられない状態を見た周囲の貴族たちも、同じように認識したのか、顔を歪めるほどドン引きしている。

騒ぎを聞き付けた騎士たちまで集まり始めて、どよめきが起こり、パーティー会場は物々しい空気に包まれていた。

そんな騒然とした光景に取り乱す人が多い中、リクさんは冷静に騎士を手で制して、落ち着いた対応を見せている。

「何を勘違いしているのかわからないが、違法栽培を認めた時点で罪人になり、爵位は剥奪《はくだつ》される。こちらに治療する義務はない」

リクさんが淡々とした表情でそう伝えると、さすがに爵位を失うことには耐えられないみたいで、父が動揺する。

先ほどまでの強気な態度が嘘《うそ》のように目が泳いでいた。

「な、なぜお前みたいな獣にそんなことを決められなければ――」

「俺が決めたわけではない。国王の意思だ。周りの状況を見ても、どういう扱いを受けるのかわからないのか？」

もはや、この場の雰囲気を見て、無事に帰れる保証など一つもない。騎士たちが大勢の貴族を守るように武器を構え、彼らを完全に包囲している。

早くも父たちは、貴族ではなく、罪人として扱われていた。

パーティー会場にいる大勢の貴族たちも同様に、罪人を蔑むような視線を送っている。

「自惚《うぬぼ》れたダメ貴族の典型的な例ね」

「ベールヌイ公爵に失礼な態度を取っている自覚もないんだろうな」

「自分勝手すぎるわ。同じ貴族として恥ずかしいもの」

騎士たちに武器を向けられる姿を目で見て、大勢の貴族たちに否定される言葉を耳で聞けば、さすがに彼らも状況を理解せざるを得ない。

ただ、化け物思考を持つ彼らが簡単に諦《あきら》めないのも、また事実である。

事もあろうか、散々侮辱してきた私に助けを求めるような視線を送ってきた。

「レーネ、彼らに何とか言ってやってくれ。我々は家族ではないか」

「少しくらいは家族の役に立ちなさい。みっともないわよ」

「ぜ〜んぶお姉さまが悪いんだから、家族のためにちゃんと責任を取ってくれるよね？」

家族、家族、家族……と、形ばかりの言葉を耳にしても、何も心に響かない。家族という言葉の本当の意味を理解している私には、手を差し伸べるなんて到底無理な話だった。

ましてや、この状況を見守る貴族や武器を構えている騎士たちに、心配するような眼差しを向けられている。

下手な言葉を口にすれば、未熟な公爵夫人だと思われ、ベールヌイ家の名を傷つけてしまう。

今この場で断固とした態度を取り、彼らに別れを告げなければならない。

それが将来の自分のためでもあり、ベールヌイ領に過ごす本当の家族のために繋《つな》がる。

「私はもうベールヌイ家の人間なので、アーネスト家に関与することはありません。罪人と判断された方を勝手に治療すれば、私が罪に問われますので、そちらもできかねます」

厳しいようにも感じるが、正当な理由で断っているため、周囲の人々の反感を買うことはない。

リクさんも、よく言った、と言わんばかりに私の頭にポンッと手を置いてくれた。

しかし、化け物思考の彼らが納得するはずもない。

「ふざけるな！　我々は治療が済むまで一歩も動かんぞ！　話はそれからだ！」

「そうよ！　治療されなきゃ動かないわ！　貴族の命を何だと思っているのかしら」

「私が死んだら、お姉さまのせいよ！　聖女を見殺しにした罪で処刑されちゃうんだから！」

その姿を見たリクさんは、呆《あき》れるように大きなため息をついた。

「人の命を救う者が聖女と称《たた》えられるだけで、自ら名乗り出るものではないぞ。仮にそう呼ばれる者がいるとしたら、聖女《ヒールライト》の意思を受け継いだレーネだろうな」

「……ん？」

急に聖女だと言われた私は、素直に受け入れることができなくて、困惑してしまう。しかし、リクさんがそう言いたくなる気持ちがわからなくもなかった。

五十年前も前に活躍したおばあちゃんに対して、ベールヌイ領の方たちは、今もなお感謝してくれている。聖女という存在が、大きな心の拠《よ》り所になっていたのは、言うまでもなかった。

そんな経緯がある中で、孫の私が同じ土地で薬草を栽培し始めたら、きっとおばあちゃんの面影を感じた人もいただろう。

薬草で傷を癒やす聖女が戻ってきてくれた、と。

「なっ……！」

「そんな……」

「どうして……」

カサンドラたちにとっては、受け入れ難《がた》いことだと思うけど。

私は自分が聖女だとは思わないが、カサンドラにその資格があるとも思わない。

瘴気を生み出して領民を傷つける者が、聖女だと称賛されるはずがないから。

そのことにリクさんも怒っているみたいで、彼らに厳しい眼差しを向けていた。

「お前たちは罪を犯して、裁かれる立場にいる。罪人として咎《とが》められることはあっても、聖女と称えられることはない。絶対にな」

三人が絶望に満ちた表情で言葉を失う中、何かを確証したかのようなリクさんは、一人の騎士に手で合図を送る。すると、その騎士が一枚の紙切れを持って前に出てきた。

「あなた方三名に対して、緊急捕縛命令が出ている。今後は国の調査によって、真実が暴《あば》かれるであろう。ここが最後の釈明の場になるかもしれないが、何か言いたいことはあるか？」

正式な書類を突き付けられた彼らは、睨みつけるようにそれを見て、少しずつ顔色が変わり始める。

その表情は次第に絶望に満ちていくが、それでも罪の重さを理解できていないみたいだった。

こんなことで捕縛されるほどの罪に問われるのか、そう言わんばかりに驚いている。

しかし、自分たちが置かれている状況を何度も諭され、正式な書類まで見せられては、これが現実だと受け入れざるを得ない。

そのことにいち早く気づいた父は、顔を真っ青《さお》にしながらも、カサンドラを指で差した。

「瘴気を作り出したのは、カサンドラだ！　すべてはカサンドラが勝手にやったことだ！」

「あなた、どういうつもりなの⁉　あなたが補助金を使い込んでいなければ、こんなことにはならなかったのよ！　全部あなたのせいだわ！」

「そうよ、パパのせいよ！　私はパパの言った通りにしただけだもの！　私は何も悪くない！」

少しでも自分の罪を軽くしようと、互いに罵り合う姿を見たら、もう誰も彼らの言葉を聞き入れることはない。

その結果、釈明の場は不要だと判断した騎士が詰め寄り、父の喉元《のどもと》に剣を突き付ける。

「聞くだけ無駄だったようだな。このような連中に関わるべきではない。目障りだ。処遇が決まるまで、地下牢《ろう》に入れておけ」

あっという間に屈強な騎士たちに押さえ込まれた三人は、パーティー会場を強制退場させられていく。

「なぜだ！　すべての元凶はカサンドラだというのに！」

「あなたが元凶よ！　私は何もしていないもの！」

「ママだって、最高級の宝石を買っていたわ！　私が欲しかったのに！」

最後まで互いを罵り合う声は、彼らの現状を表すかのように、虚《むな》しく響き渡るのであった。

＊＊＊

父たちが騎士に取り押さえられた後、何事もなかったかのようにパーティーは再開する。しかし、私とリクさんはそこにいなかった。

どんな事情があったとしても、騒ぎを起こした者として、責任を取らなければならない。そのため、リクさんに付き添ってもらい、騎士の元へ謝罪に向かうと――、

「陛下のご命令は、罪を犯したアーネスト家の捕縛であり、ベ、ベ、ベールヌイ家の方々が気にされることはない」

と言われ、血縁関係である私に疑いの目が向けられることはなかった。

それどころか、逆に謝罪するかのように、頭を下げられてしまう。

「情報が行き届いていなかったとはいえ、彼らをパーティーに参加させたのは、警備側の問題にあります。事実確認で対応が遅れてしまい、本当に申し訳ありません」

「あっ、いえ。全然大丈夫です。こちらこそご迷惑をおかけして、本当にすみません」

真摯に対応してくださる騎士の方に、思わず私も頭をペコペコと下げてしまった。

嫁いだ以上は当たり前のことだが、私は今、ベールヌイ公爵夫人として見られている。本来なら、もっと堂々とした態度を取り、騎士を労《ねぎら》う言葉を口にすることが求められるだろう。

そんなことを頭で理解していても、急にはできない。ここは一歩後ろに引いて、リクさんに任せることにした。

「幸いなことに、妻に被害は出なかった。警備に問題はなかったと認識している。騎士団には、次から気を付けるように伝えてくれ」

「ハッ！」

……妻？　……妻か。……うん。私はちゃんと妻と認識をされていたのか。ふーん。

何とも言えない高揚感に包まれながら、リクさんと一緒にその場を後にした。

＊＊＊

大きな問題に巻き込まれたこともあり、このままパーティーに戻ると変に注目を浴びる恐れがあったため、一足早く帰ることになった。

国王さまに招待されている以上、途中で帰るべきではないとも思うが、こんな状況ではそうも言っていられない。リクさんも同じ気持ちみたいで、すぐに段取りをつけてくれていた。

二人で広い王城を歩き、魔獣化しても目立ちにくい裏庭にたどり着くと、ずっと気になっていたことを聞いてみる。

「国王さまの召喚命令は大丈夫だったんですか？」

父と対峙《たいじ》した時、国王さまに何か言われたリクさんは、アーネスト家の事情に詳しかった。騎士もアーネスト家の捕縛命令を受けていたから、そのことで呼ばれたことは容易に想像がつく。

ただ、わざわざ強制力の強い召喚命令を使う理由がわからなかった。

「半分は結婚したことをいじられただけだ。もう半分は、レーネの身を守るように言われた」

「えっ？　こ、国王さまに、ですか？」

あまりにも衝撃的なことを言われ、私は言葉を失ってしまう。

まさか国で一番偉い方に身の安全を確保するように言われる日が来るなんて。私は薬草を育てることしか能がない、ちっぽけな貴族令嬢だというのに。

……いや、それが原因なのかもしれない。アーネスト家は建国から薬草栽培を営み続けていたし、おばあちゃんが聖女と呼ばれるほど活躍した時代もあった。

ましてや、ベールヌイ家の魔獣化を止めるためには、絶滅危惧種に指定されているヒールライトが必要なわけであって――。

「アーネスト家は消滅するだろうが、その血筋は失われていない。この国に必要不可欠な人材として、必ず保護するように言われている」

ちょ、ちょっと話が重いんですけど！　いや、国王さまの言葉ということを考慮すると、とんでもないほど重い！

「急激に胃もたれしてきました。聞かない方がよかったかもしれませんが……今更ですね。おそらくですけど、ヒールライトが関係しているんですよね？」

「そうだ。絶滅危惧種に指定されているヒールライトは、過去に戦争を止めたほどの影響があるらしく、何としてでも栽培したいと言っていた」

「せ、戦争を止めた？　それ、本当に言ってます？」

「そのあたりもうまく伝わっていないんだろうと、国王が危惧していたぞ。かつては他国の国王が患っていた死に至る難病を治療して、停戦交渉の場を作り、隣国で起きた戦争を止めたと聞いている。昨今、アーネスト家が不作続きで頭を抱えていたそうだ」

国王さまが頭を抱えていたと聞かされ、私の方が頭を抱えてしまう。

おばあちゃんとの約束がどれだけ重いものであったのか、今頃《いまごろ》になって痛感していた。


『我が家に受け継がれてきた薬草だけは、絶対に絶やしてはならないよ。レーネは薬草を育てるために生まれてきたんだからね』


それはそう！　国王さまが動くレベルなら、個人の意思で辞められるはずがない！

他国と良好な関係を保つためにも、絶対に栽培しなければならなかったのだ！

「てっきりベールヌイ家の魔獣化を止める役割が大きいものだと思っていました」

「それもあるだろうな。ベールヌイ家があの地で魔物を食い止めることで、この国は魔物の被害が極端に少なくなっている。魔獣化の暴走を止められるかどうかで、国の行方《ゆくえ》が決まると言っても過言ではない」

もうすでに国の危機を救っているという事実まで聞かされ、早くも私は頭が混乱してしまう。

今はこれ以上聞かない方がいいかもしれない。主に、自分の心の安定を保つという意味で。

「恐れ多い話ばかりです。私は細々と薬草が栽培できたら、それでよかったのに」

「薬草の役割を考えたら、なかなか難しいのかもしれないな。ベールヌイ家で薬草栽培がうまくいっていると知った国王が、手放しで喜んでいたぞ」

「変に期待されても困りますけどね。無理に栽培量を増やすと枯らしてしまいますので」

「しばらくは様子を見るだろう。アーネスト家の血筋に負担をかけたくないと言っていた。国王が、蔑まれていたレーネの存在に気づけなかったと、珍しく自分を責めていたよ」

そう言ったリクさんの言葉を聞いて、私は居たたまれない気持ちになってしまう。

今までの境遇を隠し通すべきか、打ち明けるべきか、悩んでいた時期があった。

変に心配をかけないようにと、隠すことにしたんだけど……。

「リクさんも気づいていましたよね？」

「まあな。あれだけ不自然な嫁ぎ方をしてくれれば、気づかない方がおかしい。国が調査した結果も聞かされたが、良いイメージを一つも持たなかった」

やっぱり誤魔化《ごまか》しきれていなかったのか。実家のことを聞かれなかったのは、私が傷つかないように気遣ってくれた結果なのかもしれない。

「すみません。今まで言い出せなくて」

「気にする必要はない。こっちも魔獣化のことを黙っていたし、レーネが言えなかった気持ちもわかる」

私の気持ちに寄り添ってくれるリクさんは、優しい笑みを向けてくれた。

その吸い込まれるような深紅の瞳は、とても穏やかな印象を受ける。

「今までよく頑張って生きてきたな。これからはベールヌイの地がレーネの居場所だと思ってくれ。屋敷には、俺たちの帰りを待ってくれる家族がいるからな」

「……はい」

アーネスト家から離れて、まだ多くの月日が流れたわけではない。それでも、私はベールヌイの地で始めた新たな人生を、とても気に入っている。

亡くなったおばあちゃんと同じくらい大切な家族ができたから。

慰めてくれるリクさんの言葉を聞いた私は、肩の荷が下りたかのように晴れ晴れとした気持ちになった。

それで心にゆとりができた影響か、今朝の魔獣化の訓練のことを思い出して、今度は心がモヤモヤし始める。

煎じたヒールライトを飲んでいるリクさんは、魔獣化が暴走する恐れはない。自分の体のことだから、自分でも薄々と気づいていたはずだ。

そのことを伝えてくれていれば、無理に訓練をする必要なんてなかった。それなのに、ちょっと嫌そうなフリをして、毎日訓練を受け続けている。

私はその理由を探るため、魔獣化の治療がうまくいっていると知らないフリをして、問いかけてみる。

「そういえば、魔獣化はすっかり安定してきましたね」

「短時間であれば、魔獣化しても問題ないだろう。体に悪影響が出ることもない」

「長時間は、まだ難しいと……？」

「魔獣化できるようになったばかりだからな。もう少し訓練するべきだ。あ、あれくらいのことであれば、レーネと二人でもできるだろう」

ほっほー！　今朝、マノンさんには不要だと言っていましたが、私には必要だと言うんですね。それも、二人きりでの訓練をご所望ですか。これは何か裏がありそうですね。

ここまで確証できる言質をいただけると、マノンさんが言っていた通り、リクさんは私に撫でられたい願望があるのかもしれない。

な、なんといっても、つ、つつ、つ、妻だから！

ちょうど二人きりになれたので、屋敷の中では聞きにくいことを思い切って尋ねてみよう。

「リクさんって、私のことをどう思っているんですか？」

「なっ⁉　なんだ、いきなり」

わかりやすく動揺したリクさんは、沸騰したヤカンのように顔を赤くした。

思い返せば、リクさんは何度も顔を赤くする場面があったと記憶している。

まさか旦那さまだと思っていなかったから、気にすることはなかったけど……これは、気があると思ってもいいのではないだろうか。

「せっかくパーティーに参加するからと、マノンさんにおめかししてもらったので、こういう時に聞くべきだと思いまして」

よって、私はグイグイと押してみる。

「すでに結婚していて、俺たちはもう家族なんだ。それでいいだろう」

どうやらハッキリと言わないタイプらしい。この話は終わりだ、と言わんばかりにそっぽを向いてしまった。

しかし、今日の私はひと味違う。着慣れないドレスが背中を押してくれている気がして、ここぞとばかりにリクさんの耳元に顔を近づけた。

「旦那さまと呼んだ方がよろしいですか？」

薬草と戯れて過ごしてきた私にとっては、頑張った方である。いや、かなり頑張ったと言っても過言ではない。

それなのに、リクさんは……。リクさんは……！

「魔獣化するのはずるいですよ！　逃げましたね！」

強制的に会話をシャットダウンするという荒業に出てしまった。

これには、さすがの私もご機嫌斜めである。

でも、本当の気持ちを察するという意味では、好都合なのかもしれない。

なぜなら、もふもふになったリクさんの感度は高いから。

ふっふっふ。口が聞けないのであれば、体に問うしかありませんね。どこが気持ちいいのか、教えていただきましょうか！

この日、王城の裏庭でひっそりともふもふを楽しむ私は、リクさんが好意的な印象を持ってくれていることを察した。

それは、人として好きなのか、妻として好きなのかはわからない。

ただ、リクさんのだらしない顔を見る限り、互いに特別な人だと思い合っているような気がした。

第九章 ✦ 平穏な生活

王都から帰宅して数日が経《た》つ頃。

アーネスト家が捕縛されて、揺らぐことのない幸せな生活を手に入れた私は、平穏な日々を過ごしていた。

リクさんが作るおいしいごはんを食べて、薬草やスイート野菜の栽培に精を出し、湯浴《ゆあ》みで心身の疲れを癒《い》やす。

家族の輪に入って生活するだけで、何もかも輝いて見えて、毎日が楽しい。みんなと過ごす時間が増えるほど、絆《きずな》が深まっている気がして嬉《うれ》しかった。

私の心が影響される薬草たちも元気なもので、領内に出荷できるくらいまで育っている。そのため、立派に育った薬草に声をかけて、ありがたく摘み取らせてもらった。

そして、マノンさんに案内してもらい、この街で一番の老舗だという薬師のお婆《ばあ》さんの元に、薬草を持って訪れている。

「薬草を買い取ってもらいたいんですけど、ここに置いても大丈夫ですか？」

「構わないよ。しかし、まあ立派な薬草だねえ。どこ産のもんだい？」

目を細めて確認するお婆さんに、一番デリケート部分を突っ込まれてしまう。

これからはアーネスト産ではなく、ベールヌイ産として販売していかなければならない。

これは、その第一歩である。

「えーっと、新しくこの街で薬草を栽培しているんです」

「へえー……。それはそれは、すごい植物学士さんがいらっしゃったもんだねえ。まるで昔のアーネスト産みたいなヒール種の薬草だよ。これが出回るようになったら、喜ぶ人も増えるだろうね」

どうやら私が作ったと思われていないらしい。植物学士の代わりに売りに来た助手だと勘違いしているんだろう。

まだまだ顔が狭いなー……と思う反面、素直な意見を聞く良い機会でもある。

マノンさんにシーッとお願いして、お婆さんに尋ねてみることにした。

「近年のアーネスト産の薬草は、イマイチでしたか？」

「昔のアーネスト産と比べると、やっぱりねえ。随分と質が落ちていたし、不作続きで高騰してばかりだったよ。正直なところ、高い運賃を支払ってまで仕入れたいとは思わなかったね」

少し前の私が聞いていたら、きっとショックで落ち込んでいただろう。おばあちゃんの後を継いで頑張っていたのに、価値がなくなったと言われているのだ。

「そうですか。私も同じことを思います」

でも、今は違う。おばあちゃんから受け継いだ薬草を、立派に育てることができているのだから。

「昔のアーネスト産みたいな薬草が作れるように頑張らないといけませんね」

「大きく出たもんだねえ。と、言いたいところだけど、十分に対抗できる代物だよ。とっても良い薬草だねえ」

「ありがとうございます」

老舗のお婆さんに薬草を褒められると、歩んできた道に間違いはなかったと認められたみたいで、思わず笑みがこぼれる。

今後もおばあちゃんとの約束を守り続けるつもりだが、それだけが目的で栽培することはない。

もっと多くの薬草を栽培して、気兼ねなく使ってもらえるようにしようと思っている。

ベールヌイ領に住む人々の幸せを守ることが、私の新しい目標だから。

薬草の納品を終えると、今度はマノンさんと一緒に裏山へ足を運んだ。

順調に育っているスイート野菜は実りのピークを迎えていて、こちらも収穫作業に忙しい。領民たちが一つ一つ丁寧に摘み取り、傷がつかないように荷車に載せて、街に運び出している。

「もう少しそっちに詰められるか？」

「いや、難しい。その大きさだと、ギリギリ入りそうにねえな」

「どのみち何度も往復しなくちゃいけねえんだ。次の荷車で運び出そうぜ」

時間と労力はかかるものの、品質を優先して運搬している。収穫量が多いだけに焦《あせ》る気持ちはあるが、効率を重視して、野菜を傷つけることだけは避けたかった。

これには、自分たちで育てた野菜を大切にしたい、という領民の気持ちも含まれているだろう。

「おーい、坂道の段差は埋めてきたぞ。そのまま真っすぐ街に向かってくれ」

私が余計な口を挟む暇もなく、領民たちで問題を見つけ出して、慎重に運び出してくれていた。

農家の経験者がいるとはいえ、多くの人が手探り状態で収穫作業に挑んでいる。それでも、初めてとは思えないほど順調だった。

そして、早くも目利《めき》きができる人まで現れるほど、栽培にのめり込んでいる人もいる。

「お嬢、このスイート野菜は大丈夫ですかい？」

「そうですね。大きさも魔力も十分です。収穫しましょう」

嵐《あらし》の一件があってから、みんなの気持ちに変化が生まれたみたいで、スイート野菜と向き合う姿勢が変わり始めていた。

こういった栽培の経験を生かして、今後は植物学士の資格に挑戦しようとする人が出てくるかもしれない。金銭的な問題で大きな一歩を踏み出せない人には、スイート野菜の売り上げで援助してあげられたら……そう考えている。

どんな理由であったとしても、私みたいに親や家族に頼れなくて、苦しい思いをしてほしくはないから。

もちろん、私の一存で決められることではない。でも、リクさんはそういうことに寛容な人だ。薬草の利益《りえき》も入ってくるし、もっと領民たちに還元してあげて、この街を良くしていきたい。

そういう意味では、他にもいっぱいやることがある。

普段はあまり買い物をしない私だが、公爵夫人として、街にお金を落とさなければならないのも、その一つだった。

領民たちに収穫作業を任せて、裏山から街に戻ってくると、マノンさんの案内で一軒の服飾店にお邪魔する。

「奥方、パーティー用のドレスを買おう」

「新しいものは不要だと思いますけど……」

「ダメ。この前のドレスは、微妙にサイズが合っていなかった」

矛盾してしまうが、自分のために大金が費やされることを考えると、胃が痛い。王都で開かれるパーティーに参加する機会なんて滅多にない身としては、もったいないと感じていた。

でも、専属侍女としては物足りないのか、マノンさんが『奥方に合うドレスがない……』と落ち込んでいたので、思い切って購入するつもりで足を運んでいる。

目を光らせるマノンさんが選んだものは、ちょっと勇気のいるデザインだったが。

「見て、奥方。このドレスが一番女性らしく見えるよ」

「ちょっとスカートの丈が短すぎませんか？」

「今はこれくらいが普通。貴族が時代に逆らうのは良くない」

そういえば、パーティーでも多くの貴族女性たちが足をさらけ出していた気がする。

しかし、体重が悪い意味で気になり始めた私は、自分の足をさらけ出すのに抵抗が強かった。

果たしてリクさんがミニスカート派なのか、という問題もある。いや、むしろそこが一番大事かもしれない。

「うーん、今回は保留にしましょう」

ドレスのデザインを検討する前に、リクさんの好みを把握する必要がある。何着も買う予定がないだけに、価値観を合わせてから購入したかった。

ただ、私よりもドレスを購入したいマノンさんは、不満そうな表情を浮かべている。

「奥方、もっとお金を使うことを覚えよう。経済が回らない」

「うっ……。でも、高い買い物ですから、もう少しゆっくりと決めたいんですよね。次に来た時は必ず買いますので、今日は保留でお願いします」

「わかった。じゃあ、今度は奥方が逃げられないように特注で作ってもらう」

普通に買うよりも値段が跳ね上がるような気もするが、領主であるリクさんを満足させるためだと考えたら、許される気もしてきた。

自分だけのドレスと言われたら悪い気はしないし、妹《カサンドラ》が作っている姿を見て、羨《うら》ましいなーって思っていたから。

「奥方も嬉しそうで何より。そっか、特注が良かったのか」

「えっ！　いや、違います！　誤解ですよ！」

「そういうことにしておこう。じゃあ、次は気分を切り替えて、奥方が遠慮した分、帰り道にパンケーキを食べて経済を回そう」

それはマノンさんが食べたいだけでは？　と思いつつも、図々《ずうずう》しい公爵夫人だと思われなくてよかったと安心する。

特注のドレスにパンケーキのおまけ付きか……と思いを寄せるあたり、図々しい自覚はしているが。

＊＊＊

買い物の帰り道にカフェに立ち寄り、パンケーキを食べてから屋敷に帰ってくると、珍しくリクさんが出迎えてくれる。

「レーネ、国王から手紙が来ているぞ」

ぬおおおおおっ!! 私の平穏な日常はドコー!?

全力で取り乱してしまった私は、急いで国王さまの手紙を受け取り、手を震わせながら開封した。

その手紙には、謝罪の言葉と共に、今回の騒動の事後処理した内容が記載されている。

アーネスト家が治めていた領地に騎士団が派遣されて、瘴気《しょうき》の対処に当たっていること。領主の爵位が剝奪《はくだつ》されたため、しばらくアーネスト領は国の管轄になったこと。捕縛された三人の罪は数え切れないほど多く、莫大《ばくだい》な借金を抱えたことなど……。

いろいろなことが書かれているが、何よりも驚いたのは、借金の返済をするために本人たちの強制労働が義務付けられたことだ。

その期間、なんと百二十年。おそらく更生の余地はないと判断されたに違いない。今後は国の監視下に置かれて、過酷な労働を強いられるだろう。

なお、相変わらず本人たちは地下牢でも騒いでいるので、最低限の食事以外は与えず、瘴気の毒も治療しない方針らしい。

体内に入った瘴気が僅かな量でも、長時間にわたって蝕《むしば》まれ続けたら、痛みと共に肌がボロボロになり始める。普通は重罪人であったとしても、治療した上で強制労働をさせるはずなんだけど……。国王さまの決めたことなら、仕方ない。

本人たちが深く反省しない限り、恩赦が与えられることはなさそうだ。きっと私が受けた苦しみと、瘴気に毒されたアーネスト領に住む民の気持ちを考えて、厳罰を与えてくださったんだと思う。因果応報とよく言うけど、上に立つ人がしっかりと判断してくれる国で本当に良かった。もう二度と関《かか》わらなくて済むとわかり、心の底からホッとしている。

どちらかといえば、血の繋《つな》がった者に同情する気持ちが湧《わ》かない自分が、少し怖い。もしかしたら、私も化け物思考になっているんじゃないかな……と心配したけど、問題はないみたいだ。

一緒に手紙を見ていたリクさんも、同じように安堵《あんど》のため息がこぼれている。

「だいたい予想通りだな。レーネに負担がかからないように対処したみたいだ」

「多かれ少なかれ、借金の返済を求められると思っていましたが、免除してくださったんですね」

「ベールヌイ家に籍を置いている影響もあるかもしれないが、貴重な人材として保護するように言っていた。これくらいのことはしないと、国として信用を得られないと判断したんだろう」

国王さまに手紙を送っていただけるだけでも光栄なことなのに、ここまで気遣っていただけるなんて……。ありがたい気持ちよりも先に、恐れ多い気持ちが先行するよ。

「自分で言うのもなんですが、私はいったい何者なんでしょうか」

「深く考える必要はない。ヒールライトが貴重な薬草である以上、栽培できるレーネの評価が高まるのは、自然なことだ」

「私はおばあちゃんみたいな優れた植物学士ではないと思っているんですが」

「そうか？　ヒールライトを栽培して、魔獣の血を鎮めることができるのは、この国ではレーネしかいない。俺《おれ》たちベールヌイ家にとって、レーネは優秀な植物学士……いや、本当に聖女と言えるのかもしれないな」

「変におだてるのはやめてください。聖女と呼ばれるほどの活躍はしていませんから」

「少なくとも、俺は命を救われているんだ。レーネと薬草には、深く感謝しているぞ」

そんなことを真っすぐ見つめられて言われるのは、さすがに恥ずかしい。リクさんの優しい笑みを見ると、本当にそう思ってくれているのだと実感した。

照れくさい気持ちで胸がいっぱいになった私は、気を紛らわせるために、国王さまのありがたい手紙を折りたたむ。

すると、リクさんが何やら言いたいことでもあるのか、恥ずかしそうに視線を逸《そ》らした。

「ところで、レーネの好きな食べ物はなんだ？」

「急にどうしたんですか？」

「いろいろと落ち着いたことだし、少しくらいは祝いの席があってもいいと思ってな」

珍しく私の好みを聞き出そうとして、急に顔が赤くなったリクさんを見ると、何を考えているのか大体のことは想像できる。

だ、だって……私たちは、ふ、ふふ、ふ、夫婦だから！

似た者夫婦という言葉があるくらいなので、きっとリクさんも私の好みに合わせる作戦を取ろうとしているに違いない。

「そうですか。では、等価交換といきましょう」

「ん？　どういう意味だ？」

「先にリクさんの好みの服装を教えてください。そうしたら、私の好きな食べ物を教えます」

そう来たか……と言わんばかりに、リクさんは難しい顔になった。

でも、ここで引き下がるわけにはいかない。こっちは保留にしたドレスの購入が控えているんだ。

「聞き方を変える。肉か魚か、どちらが食べたいか教えてくれ」

「こちらも聞き方を変えましょう。ロングスカートかミニスカート、どちらがお好みですか？」

「おい、等価交換になっていないぞ。その質問は深く切り込みすぎだ」

「いいえ。メジャーな好みを知るという意味では、同等の質問だと思います」

自分のことを知られるのが恥ずかしいあまり、私たちは一歩も譲らなかった。

互いに興味を持っている、その事実を感じることができるだけで、幸せな気持ちが溢《あふ》れてくる。

「仕方ない。肉料理と魚料理を両方用意するか」

「ちょっと待ってください！　それはズルイですよ！」

「質問に答えないレーネが悪い」

「うぐぐっ。ここは意地を張らずに、質問を変更するしかなさそうですね。セクシー派かキュート派か、どちらでしょうか」

「あまり変わっていないぞ。その質問は却下だ」

「隠すようなことじゃありませんし、教えてくださいよ」

「その言葉、そっくりそのまま返そう」

夫婦というのは、なんて難しいんだろうか。でも、互いのことを知りたがる何気ない会話が、妙に嬉しかった。

私たちはまだ、男女の関係を成立させるために知らないことが多い。

これから少しずつ距離を詰めていって、もっと夫婦らしく生きていこう。

キラキラと輝く薬草のように、私たちの未来も明るくあってほしいから。

GAノベル

家族に売られた薬草聖女のもふもふスローライフ

2023年8月31日　初版第一刷発行

著者　あろえ
発行人　小川 淳
発行所　SBクリエイティブ株式会社
〒106-0032　東京都港区六本木2-4-5
03-5549-1201　03-5549-1167（編集）

装丁　AFTERGLOW
印刷・製本　中央精版印刷株式会社

ISBN978-4-8156-2002-8
Printed in Japan

ファンレター、作品のご感想をお待ちしております。

〒106-0032　東京都港区六本木 2-4-5
SBクリエイティブ株式会社
GA文庫編集部 気付

「あろえ先生」係
「ゆーにっと先生」係

本書に関するご意見・ご感想は
下のQRコードよりお寄せください。
※アクセスの際に発生する通信費等はご負担ください。

https://ga.sbcr.jp/

GA文庫大賞
大賞
第15回
試読版は
こちら!

試読版は
こちら!

竜王に拾われて魔法を極めた少年、追放を言い渡した家族の前でうっかり無双してしまう2　～兄上たちが僕の仲間を攻撃するなら、徹底的にやり返します～

著：こはるんるん　画：ぷきゅのすけ

GA文庫

　父親から魔法を使えないことを理由に無人島に追放されたカルは、冥竜王アルティィナに拾われ、最強と呼ばれる【竜魔法】を伝授される。

　無詠唱で【竜魔法】を駆使し、実家からの追手を撃退したカルはあらたな拠点として無人島開拓に乗り出すことにするが……。

「それはまさか、伝説の魔剣グラムか？」

　カルの兄レオンは、竜を滅することのできる【魔剣グラム】を持ち出し、アルティナの命を狙う。カルは家族となったアルティナを守るため、あらたな魔法を手に兄とふたたび対峙する──。

【竜魔法】で最強になった少年の異世界無双ファンタジー、第2弾！！

試読版は
こちら!

第16回 GA文庫大賞
GA文庫では10代～20代のライトノベル読者に向けた
魅力溢れるエンターテインメント作品を募集します！
物語が、華ひらく。
イラスト／風花風花
大賞賞金300万円+コミカライズ確約！
◆募集内容◆
広義のエンターテインメント小説（ファンタジー、ラブコメ、学園など）で、日本語で書かれた未発表のオリジナル作品を募集します。希望者全員に評価シートを送付します。
※入賞作は当社にて刊行いたします 詳しくは募集要項をご確認下さい
リニューアルで選考課程を一新!!!
応募の詳細はGA文庫公式ホームページにて
https://ga.sbcr.jp/